U0033770

民國時期報業史料
上海篇
（二）

Historical Materials of the Shanghai Newspapers

1912 - 1949

- Section II -

高郁雅／主編

導言

高郁雅
天主教輔仁大學歷史學系教授

上海報刊的發展環境與特色

　　中國報刊出現的年代很早，唐代時有「邸報」，宋
代時有「朝報」，明清時有「京報」，但都屬傳達政令
的官方佈告性質，與近代報紙的概念相差甚遠。近代意
義的報刊係以販售訊息為業，內容多元，包含新聞、評
論、廣告、副刊等，十七世紀出現於歐洲，隨著傳教與
商業的發展，十九世紀清末傳到中國。

　　近代報刊傳入中國後，以時間來說，上海非最
早，晚於澳門（最早一份是1822年葡文週刊《蜜蜂華
報》）、廣州（最早一份是1827年英文雙週刊《廣州
記錄報》）、香港（最早一份是1841年英文雙週刊《香
港公報》）。但近代報刊在上海出現後（最早一份是
1850年英文週刊《北華捷報》），因種種環境因素，
即以飛快速度發展，後來居上，超越澳門、廣州、香
港，成為全國的新聞中心。無論是創辦報刊的數量上，
還是重要報刊在全國的影響力，上海都是其他城市及地
區無法企及的。究其原因，與上海的辦報環境息息相
關，分述如下。

　　第一，1843 年的上海開埠，促進了上海的城市發展，由海邊的縣城一躍成為中國最大的工商業都會。近代報刊的發展與工商業的繁榮緊密相關，工商業的發展產生對報刊的需求，也對創辦報刊提供資金、物資及設備條件。工商業者需要瞭解新聞及商品行情，亦需平台廣告推銷其產品，工商業者是報館穩定的讀者群，也提供報館最大的收入來源——廣告。

　　第二，上海具備澳門、廣州、香港無法比擬的地理環境和與交通條件，使上海報刊和全國各地密切聯繫，迅速擴大自身的影響力。上海鄰近中國最長、年徑流量最大河流——長江入海口，無論傳統河運或近代海運，皆具極佳的通航條件。上海的陸運鐵路也是最早，英國人1876 年修建上海至吳淞的吳淞鐵路，是中國境內第一條營運鐵路。新聞傳遞依賴的電報，上海亦最先開通，中國首條電報線路是 1871 年由英國、俄國及丹麥敷設從香港經上海至日本長崎的海底電纜，6 月 3 日起在上海公共租界收發電報。1880 年李鴻章開辦電報總局，並在 1881 年 12 月開通天津至上海的電報服務，上海《申報》1882 年 1 月 16 日刊出記者拍來的一條「上諭」，報導雲南候補道張承頤被降級處分，為中國新聞史上首條電訊。[1] 這些方便的交通工具，有助上海報刊布置全國的新聞網與發行網。

　　第三，上海的文化市場活絡，明清江南城市持續成

1　方漢奇，〈早期的新聞電訊〉，《報史與報人》（北京：新華出版社，1991），頁 218-219。

長，文化創作、書籍印刷發展成熟，奠定上海良好的文化基礎。近代上海開放通商口岸後，五方雜處，文人雲集，遠離封建統治中心，租界提供相對寬鬆的出版空間，各種思潮在上海交匯碰撞。上海成為近代西學傳入中國的重心，兩次思想啟蒙運動——維新變法與新文化運動，其代表性報刊——《時務報》與《新青年》，都是在上海創辦發行的。

近代上海報刊的歷史，大致可分為四個時期。第一個時期，1850 年至 1895 年，約 45 年，是上海報刊誕生及初步發展時期，這時期的上海報刊，大部分都是外國人創辦的。這個時期的最初 10 年，只有少數幾份英文報刊及中文宗教刊物問世，如上海首份近代報刊是 1850 年出版的《北華捷報》，即英商辦的英文週刊。至 1860 年代起，隨著上海都市的形成，上海報刊進入初步發展時期，各種外文報刊大量湧現，少數中文宗教刊物改變純宗教傾向，日益擴大其社會影響力。另外上海開始出現第一批的中文商業報刊，如 1861 年首份中文報紙《上海新報》，即是《北華捷報》增出的中文版。這些情況使上海迅速崛起，取代澳門、廣州、香港，成為中國新聞中心。

第二個時期，1895 年至 1915 年，約 20 年，是上海報刊具突破性的發展時期。突破的，是清政府對報刊的禁錮，所依賴的條件，一是民主政治運動的衝擊，二是上海外國租界的庇蔭。這時期上海報刊發展有三次高峰，第一次高峰，是 1895 年之後的兩三年，由於維新運動的浪潮，出現一批以維新啟蒙為內容的報刊，有的

偏重普及教育，有的偏重時事政論，如 1896 年梁啟超辦的《時務報》。另外，消遣性並具諷世喻事的晚清小報也開始萌芽，如 1897 年李伯元辦的《遊戲報》。第二次高峰，是 1903 年之後的六、七年，利用上海租界的特殊條件，革命派辦了一批報刊宣傳革命，如于右任從 1909 年起陸續創辦的「豎三民」：《民呼日報》、《民吁日報》、《民立報》。第三次高峰，辛亥革命爆發，民國建立後的一、二年，各種政黨報紙大量湧現，言論空前活躍。經此三次高峰，上海報刊發展格局基本奠定，報刊已成市民日常生活必需品。

第三個時期，1915 年至 1937 年，約 22 年，是上海報刊全面穩定發展時期。這一時期，以 1928 年為界，又分為前後兩段。前一階段，當軍閥政局動盪、北方報界言論緊縮時，上海報界獲得相對穩定的環境，幾家商業報紙完成向企業化大報發展的過程，成為中國資本最厚、銷量最大、影響最廣的民營報紙，如《新聞報》、《申報》。後一階段，國民黨執政，首都從北京遷到南京，中國政治輿論中心南移，上海商業報紙的自由空間縮小，企業化大報兼併產權、報業聯營等托拉斯的發展，與國民黨訓政體制扞格，幾度遭受遏止。消遣性小報此時期從早期的三日刊轉成日刊，如上海小報的「四大金剛」：《晶報》（1919 年 3 月 3 日創刊，1932 年 10 月改成日刊）、《金鋼鑽》（1923 年 10 月 18 日創刊，1932 年 8 月 1 日改成日刊）、《福爾摩斯》（1926 年 7 月 3 日創刊，1931 年 9 月 1 日改成日刊）、《羅賓漢》（1926 年 12 月 8 日創刊，1935 年 5 月 1 日

改成日刊），[2] 更加蓬勃發展。

　　第四個時期，1937年至1949年，約12年，是上海報刊萎縮與停滯時期。萎縮與停滯，是兩次戰爭造成的。抗戰爆發上海淪陷，一批報刊內遷或停刊，留在上海的報紙雖採「掛洋旗」的方式繼續出版，但整體發展上受到限制。太平洋戰爭後上海全面淪陷，環境更趨惡化，上海主要有影響力的報刊均陷敵手，成為日汪政權的宣傳工具。抗戰結束後最初的一二年，大批報刊返滬復刊，上海報界曾短暫繁榮；之後隨著國共內戰，言論空間緊縮，通貨膨脹帶給報界極大的營運壓力，至1949年中國政局轉易，商業報紙遭新政權軍管封閉，報界出現空前的蕭條。[3]

編輯內容

　　本套書共分兩冊，編輯集中在民國時期。由於這段時期，上海《新聞報》、《申報》長年穩居中國銷量冠亞軍，上海報業進入成熟發展時期。而《新聞報》、《申報》這兩大商業報紙，都有報社檔案收藏在上海市檔案館，有許多課題可以探討。

　　本套書收集史料種類多元，如：上海市檔案館檔案、報人回憶、報章雜誌文章等。為了方便研究者查找，編者將民國時期上海報業分七個主題，分別是：報

2　李楠，《晚清民國時期上海小報》（北京：人民文學出版社，2006），頁 387、390、394-395。

3　秦紹德，《上海近代報刊史論》（上海：復旦大學出版社，1993），頁 1-6。

界概況、報館職工、新聞編採、報館營運、記者職業、管制與戰爭、小報，將上述各種史料，依內容放入相應的主題中。每個主題下面，再按史料論述內容時間先後排列，簡介如下。

第一個主題「報界概況」有 8 份史料，包含 3 個子題：上海報業的基本特色、民初上海各大報的歷史、報業公會的運作。〈上海讀者和上海報紙〉，1937 年上海民治新聞專校動員 50 多位學生，調查上海 5,000 多位報紙讀者，瞭解一般上海市民對各報的印象。〈全國報紙的形形色色〉，出自戰後《申報》內部刊物《申報館內通訊》，《申報》每天收集全國兩百多家報紙，史料從上海報界的角度，剖析全國各地報紙的特色，及與上海報紙的差異。〈新聞報綱要〉、〈新聞報沿革〉，史料出自上海圖書館藏、《新聞報》1931 年的出版品《新聞報概況》，介紹這份上海也是全中國第一大報《新聞報》的歷史與特色。〈本報刊行漢港兩版始末〉出自於《申報館內通訊》，是《申報》在抗戰初期初次離開上海，內遷發行漢口版、香港版的經過。〈我所知道的上海時報〉，是曾服務該報工作者的憶述文字，有助瞭解該報歷史及各階段立場。上海市報館商業同業公會由各報派員參加，負責協商報界事務，本書收集 3 份 1947 年該會的會議記錄，〈上海市報館商業同業公會第廿一次臨時會員大會會議記錄〉，抗戰結束後紙荒嚴重，當局實行配紙，每季能自海外購買的白報紙數量確定後，優先配給國民黨報紙，其餘才配給民營報館，由各地報業同業公會自己再去細分，這份史料可見各報為

增配額在同業公會中的爭執情況。〈上海市報館商業同業公會第廿五次臨時會員大會會議記錄〉，報業公會維持報館的職業利益，這份史料是《申報》與報販組織發生衝突時，報業公會要求所有會員報社一起抗爭。〈上海市報館商業同業公會第三十八次理事會議記錄〉，因應缺紙危機，各報配合減張規定，這份史料看出若有報紙擅自增加篇幅，會提交報業公會制裁。

第二個主題「報館職工」有 8 份史料，出自上海市檔案館的報社檔案，及報社出版品，可知報館各類職工的相關訊息。〈陳由根充當新聞報公司排字主任合約〉，《新聞報》1928 年後才將印刷工人納入報館，之前實行包工制。該史料為 1919 年報館與排字工頭的合約，記錄報館對印刷工學歷、工作時數、效能、薪資的要求。〈陳也梅擔任新聞報館二校合約〉，1921 年《新聞報》對一位校對員工的合約，列出報館對校對工作的要求。〈新聞報組織〉，近代中國第一大報的詳細組織圖，可知商業報館的分科構想、職務內容。〈美商申報館同人錄〉，1937 年 4 月《申報》全體職工通訊錄，詳載每部門有多少人，職工年紀、籍貫、住址、電話，該史料有助查找《申報》服務同仁，也可做報館職工的各項量化研究。〈同人經手廣告須知〉，《申報》為鼓勵員工多拉廣告，訂出同人廣告折扣辦法。〈新聞報職工待遇概況〉、〈新聞報工場各組工作標準〉、〈新聞報申報兩報員工待遇比較表〉，可知報館職工每部門的人數、工作標準與計薪方式。最後一份史料為中國第二大報上海《申報》職工為了增薪，調查第一大報

上海《新聞報》的薪資，藉以向館方爭取福利，詳述請假、借薪、喪葬撫卹、退職金算法、醫療福利、有無子女助學金等。〈本報員工薪津比較表〉，《申報》比較戰前與戰後該報各級職工人數、薪資狀況、每日出報平均張數等。〈員工年齡統計〉、〈員工服務年期統計〉，為《申報》對員工的調查，可知館內職工，年齡、年資分布狀況。

第三個主題「新聞編採」有 10 份史料，出自上海市檔案館的報社檔案，及報社內部期刊，包含報館收集訊息、編輯新聞的相關規定。〈通訊員簡約〉，1925 年上海《新聞報》對全國各地通訊員的規章，為求兼顧新聞效率與控制成本，詳述怎樣的新聞可用電報傳遞。〈新聞報採訪應行注意事項〉，1936 年上海《申報》對駐外地記者的採訪規範，此時中日衝突嚴重，報館授權重要新聞不計成本多拍電報，但因國民黨中央通訊社已很暢行，與中央社雷同的新聞，則不發電報以省經費。〈申報言論部特約撰述簡約〉，1946 年《申報》邀請館外知名人士撰寫社論的規定，可見特約撰述是報館高層介紹來的，言論不具名，領有稿費。〈通訊社一覽〉，通訊社是報館重要的消息來源，史料為 1946 年《申報》合作的上海 20 家通訊社、地址、電話，及每月稿費為何。〈申報二十四小時：一張報紙的誕生史〉，史料出自 1947 年 1 月創刊號的《申報館內通訊》，詳盡介紹從採訪、編輯、印刷、發行，一份報紙產出的每個環節。〈上海各報本埠版比較〉，調查上海各報本埠新聞專攻的特色，及一般市民讀者的風評。

〈早期本報的編排內容及其演變〉，自 1872 年《申報》
創刊至 1947 年，挑選每年固定一天，比較幾十年來該
報編排風格與文字版面的變化。〈編輯會議記錄〉，
1948 年《申報》編輯部內部改進會議記錄，可知國共
內戰期間，該報受言論日益緊縮的限制。〈外埠新聞工
作檢討會議〉，《申報》為溝通報館與外地通訊員，
1948 年召集各地外派記者至上海《申報》召開工作檢
討會議。〈新聞報編輯通訊〉，《新聞報》給編輯、
記者、各地通訊員的指示，此期（第 1 期，1947 年 10
月）較特別的有：奉令改稱「共軍」為「共匪」。

第四個主題「報館營運」有 8 份史料，出自報社出
版品、報社檔案，及報社內部期刊，分析報館發行、廣
告、印刷等各種實際營運問題。〈新聞事業困難之原
因〉，中國銷量長年第一的《新聞報》總理汪漢溪，
1923 年剖析該報如何計算每份報紙的成本、批價、售
價，及怎樣靠廣告賺錢。〈新聞報發行〉、〈新聞報
設備〉，史料出自上海圖書館藏、《新聞報》1931 年
的出版品《新聞報概況》，包含：《新聞報》1893 年
創刊至 1931 年，每年海內外各地的銷數細目。《新聞
報》各種設備，何時從何地引進？數量？效能？包括：
無線電收報機、信鴿、照片銅鋅版機、鉛字架、鑄字
機、壓紙版機、印報機等，可瞭解中國最大報館的規
模。〈上海各大報比較〉，1946 年上海幾家大報《新
聞報》、《申報》、《大公報》、《正言報》、《中央
日報》，各報的廣告、發行收支細目、盈虧狀況。〈本
埠各報銷數批價一覽表〉，《申報》發行科 1946 年的

內部檔案，統計《新聞報》、《申報》等上海 18 家報紙，包括晚報及小報，本埠及外地的銷數細目、定價、批發價。〈全國各大埠申新大公銷數表〉，1946 年中國前三大報上海《新聞報》、上海《申報》、天津《大公報》，全國各省市的銷量細目，寄外地的報紙，用陸運或空運都有註明。〈本報臺灣辦事處是怎樣成立的？〉，戰後上海《申報》派駐臺灣的特派員，1947 年報告在臺拓點遇到的種種困難。〈一年來三報銷數一覽表〉，1947 年上海《申報》所做的分析報告，調查戰後中國前三大報（上海《新聞報》、上海《申報》、天津《大公報》）的營運狀況，分析銷量廣告不如《新聞報》的原因。〈發行科的「外批」〉，上海報紙發行到全國各地的業務資料，透露批價如何計算？運費怎樣取捨等實際問題。

　　第五個主題「記者職業」有 5 份史料，出自報社出版品，及上海各種報刊雜誌，透露新聞工作者的職業認同、工作紀律、稿費待遇等職涯問題。〈十年中之感想〉，《新聞報》副刊「快活林」主編嚴獨鶴，1923 年剖析任職十年的感想，介紹自己如何看待文學副刊？刊登文學作品的原則是什麼？〈風紀問題小諷刺：「新女性」影片中所見所感〉、〈何為「記者道」？明恥與自反——從「侮辱」記者問題說起〉，兩份史料出自上海《大美晚報》的「記者座談」專欄，〈談社會新聞底記事態度〉出自上海《中華日報》副刊，1935 年阮玲玉主演的「新女性」電影引發侮辱記者風潮，關於黃色新聞的流弊與記者報導的分寸，上海新聞界引發熱議，

這三份史料是當時對記者道德的討論。〈上海的新聞界〉，胡仲持 1935 年比較上海各大報的新聞、評論與編排，包含《新聞報》、《申報》、《時報》、《新申報》、《商報》、《時事新報》、《民國日報》、《神州日報》，對各報的風格立場有深度剖析。

第六個主題「管制與戰爭」有 9 份史料，出自國民黨黨務雜誌、報社出版品，及上海市檔案館檔案，論述新聞檢查、暗殺報人、戰爭威脅等報館的種種困難。〈重要都市新聞檢查辦法〉、〈新聞檢查標準〉，1933年 1 月國民黨第 54 次常會通過，滬漢平津寧五地設立新聞檢查所，制訂新聞檢查標準，要求轉告各地報館，配合事前檢查。〈修正新聞檢查標準〉，1933 年 10 月國民黨第 91 次常會增列兩項禁登內容：新式武器及軍事工業之發明、對中央負責領袖的惡意侮辱。〈上海市新聞檢查所致新聞報館函〉，1933 年 3 月 1 日上海市新聞檢查所成立後致函各報，介紹該所位於租界內何處，3 月 6 日起每天出版前要將小樣兩份送檢。〈史先生遇難始末記〉，《申報》總經理史量才因批判剿匪與當局關係緊張，1934 年 11 月 13 日自杭州別墅回滬途中遭槍擊斃命，輿論多認為是有計畫的政治謀殺，該史料為申報館出版的紀念冊子。〈新聞報常務董事會議紀錄〉，抗戰打到上海後，原有囤紙一年以上習慣的《新聞報》，1937 年 9 月考量戰時銷量減少、上海常被空襲，為加強周轉，決議解約訂紙、紙庫移往郊外，可見戰爭對報館的衝擊。〈新聞報常務董事會議紀錄〉，因接受日方新聞檢查會失去讀者，《新聞報》察覺日方只

能檢查租界內的華商報紙，故懸掛洋旗迴避受檢。該史料為 1938 年 8 月該報常務董事會議記錄，討論由美商太平洋公司承租該報，租期 5 年，找前總董美國人福開森任報館監督。〈新聞報第 3 次股東臨時會議紀錄〉，太平洋戰爭後，上海租界失去英美的庇護，該史料為 1943 年 7 月《新聞報》股東臨時會議記錄，可看出該報苦於與日偽周旋，決定引進更多與日偽關係良好的金融人士擔任董事，沖淡之前的美商色彩，盡力維持中立。〈關於各報社應付空襲之疏散防護方策小組討論會紀錄〉，日偽中國新聞協會上海區分會，為應付抗戰後期的空襲威脅，1945 年 2 月邀請各報開會討論：在安全地帶建倉庫，放 2-3 個月份的資材。準備聯合印刷工場，在報館印刷設備被炸時使用。〈申報股東會總報告書〉，戰後國民黨以收購原有股份加入官股的辦法，使《申報》的民營特性名存實亡，再改選董事會，以便控制該報。

　　第七個主題「小報」有 10 份史料，出自小報報人回憶錄、國民黨黨務雜誌、上海、香港的期刊雜誌，及上海市檔案館檔案，包含重要小報的歷史與特色、管制小報、小報取材、小報經營、小報報人等內容。〈記上海晶報〉，創於 1919 年的《晶報》是上海小報「四大金剛」之首，史料出自長期為《晶報》撰稿的小報報人包天笑《釧影樓回憶錄》，可見該報的辦報風格。〈由小型報談到上海立報的創刊〉，成舍我 1935 年創《立報》，提出有別於傳統小報的「小型報」概念，不走揭人隱私的路線，篇幅短小內容卻非常精實。〈取締不良

小報暫行辦法〉，史料出自 1933 年 10 月《中央黨務月刊》，呈現國民黨對小報的觀點，及有關管制黃色新聞的規定。〈上海的小型報文化〉，1943 年 9 月戰時上海文藝雜誌《雜誌》邀請上海各家小報座談，討論小報經營的各種難題。〈小型報內幕〉，史料出自 1945 年 2 月上海《雜誌》，透露目前各家小報的銷量、小報報人來源、稿費狀況、新聞取材的考量等。〈上海解放前小報統計表〉、〈關於小型報〉、〈小型報情況〉，幾份史料出自上海市檔案館軍管會新聞出版署檔案，軍管會新聞出版署是中共建國後接管上海新聞界的單位，中共解放上海後對小報展開調查，包含上海各小報的篇幅大小與銷量多寡、各報主管記者名單、印刷所的有無、各小報與報人的政治社會背景、及幾份討論小報存廢的意見書。〈關於小報的建議〉、〈一張畫報化的小型報內容設計〉，軍管會新聞出版署的李之華呈給夏衍的建議書，主張上海小報留下《飛報》、《羅賓漢》，再出兩家新的小報，並附上新出小報《星報》的設計書。

編輯凡例

一、原文若為無新式標點者，由編者另加，均有註記。

二、部分表格中文數字改為阿拉伯數字，恕不一一
標注。

目　錄

壹　報館營運

一、汪漢溪，〈新聞事業困難之原因〉《新聞報館三十年紀念冊》，1923 年，上海圖書館藏。

（原文無新式標點及分段，為編者所加）

　　本報創辦於癸巳歲，迄今壬戌，蓋三十年矣。回憶余與同人接辦新聞報時，在前清光緒二十五年己亥十月初二日，即西曆一千八百九十九年十一月四號。余平素既無報館經諗，又乏新聞智識，本不敢膺此重任。惟鑒於國勢之衰弱，政治之腐敗，外患之逼迫，民俗之澆漓，竊謂欲喚醒同胞，改良政治社會，非藉報紙大聲疾呼不可。遂毅然擔任，抱定經濟自立宗旨，無黨無偏，力崇正誼，不為威脅，不為利誘。故主任社務二十四年，不渝此志，得以信用昭著，風行海內外，為閱者所歡迎。報紙每日銷數，由四、五千逐漸增至八、九萬以上。每年廣告刊費收入，自數千元，歷年遞增，至今幾及百萬元。除開支暨股東官紅利外，同人亦得花紅之分

潤，業務有蒸蒸日上之望。

　　以按辦報之第一難關，即經濟自立。今本報廣告刊費及報資收入，經濟已足自立，基業鞏固，此為最可欣慰者也。近時英美大新聞家北巖爵士、韋廉博士、諾一士君，先後來滬參觀，均殷殷以辦報經濟貴在獨立，不賴外界之接濟為言，蓋與余所抱宗旨不謀而合。辦報非經濟自立，則言論紀載，難於自由，即使苟且敷衍，亦不能廣其銷路。然經濟自立，言之非艱，行之維艱。中國報紙，各埠姑不論，即上海一埠，自通商互市以來，旋起旋仆不下三、四百家。惟其致敗之由，半由於黨派關係，立言偏私，不能示人以公。半由創辦之始，股本不足，招集股本一、二萬，勉強開辦，其招足十萬八萬為基金者，殊未多見。股未齊而先從事於賃屋、購機、置備器具、延聘編輯訪員、雇用工役，以滬市物用昂貴，開支浩大，恐在籌備期內，基金業已耗盡。及至出版，銷數自難通暢，廣告收入甚微。報館人才，徵求延聘，尚難入選，而各股東所薦之人，大都不適於用。人浮於事，辦事無人，出版未久，主其事者，支持乏策，乃不得不一再商之股東，加添股本。股東每因所薦之人，未能滿意，多願拋棄原有權利，以免屢加股本之擾。股本既難添招，收入亦無把握，進退維谷之時，不得不仰給於外界。受人豢養，立言必多袒庇，甚至顛倒黑白，淆亂聽聞。閱者必致相率鄙棄，銷數自必日少，廣告刊費，更無收入，此辦報困難之一大原因也。

　　中國報紙，如新聞報，每日銷數幾及十萬，為中國報界之冠。其實歐美報紙，日銷百數十萬，係屬常事。

即如日本之朝日新聞、每日新聞，出版亦不過二、三十年，日本版輿，僅中國四川一省之大，而報紙每日銷數，已達二、三十萬以上。中國幅員之廣，較之日本，大逾二十倍，將來報紙，日銷數百萬，亦意計中事。惟東西歐美各國，政府對於報紙，莫不力予扶助。日本國內，輪機已通處，躉報輸送，不取郵費，即零捲報，取價亦廉。各國對於報紙郵費，及新聞記者來往車票，亦莫不優待。電報收費既廉，且格外從速拍發，如路透電消息，較尋常商電為速。中國則反是，郵政局對於新聞紙，分躉報零捲，又分輪機已通未通。已通處所，躉報每份每一百格蘭姆取洋一厘，每份如逾一百格蘭姆，即作二百格蘭姆加倍收費，不能如零報統磅計算。如新聞報四張分量，尚祇一百格蘭姆，如四張半，即二百格蘭姆加倍收費矣。其未通處所，每份如一百格蘭姆，郵費一分，按八折八厘實收，如逾一百格蘭姆，照分量磅算，不點份數。小捲子報（即單份定報），郵局不分輪機已通未通，外埠每捲分量，重一百格蘭姆，收郵費一分，按八折實收八厘，本埠減半，統磅計算，不點份數。邊遠各省，郵遞定報，私拆、遺漏、遲到、併送之弊，在所不免。郵局對於已通處，收費尚在情理之中，而對於未通處所，貴至十倍。最可笑者，如清江一埠，小輪行駛已十餘年，而郵局強照未通處收費，屢次交涉，則謂該局尚未與該輪局妥訂合同，祇好仍作未通處收費。諸如此類，不止清江一處。

　　本報報面所刊每份收大洋三分六厘，實則本埠批與賣報人，每份小洋二分二厘，照現在市價，合大洋不足

一分八厘。外埠批價，均以大洋計算，每份統扯亦不過二分。照現在紙價市面，平常不為昂貴，每份假定五張，紙本需三分餘。而郵局取輸送費，未通處，假定五張，約收一分以上。統計銷報一份，須虧本洋二分餘。照目前風氣漸開，輪軌四通八達，報紙日銷數十萬，亦屬常事。第不知最困難者，多銷一份，即多賠累洋二分餘。是以不得不增加廣告刊費，以資挹注。廣告刊費多收二分餘，即可多推銷報紙一份，故報紙銷數愈多，廣告效力愈大。外洋報紙，除日本照國內收費外，其餘各國零捲一份，一百格蘭姆，取郵費六分，如逾一百格蘭姆，遞加收費。香港零捲一份，每一百格蘭姆，郵費四分，多則遞加。試問每份報國內所收報資，統扯不過大洋二分，而郵局所收輸送費，未通處所在一分以上。中國郵政局，對於報紙收費昂貴之大概情形如此。

　　電報，前清新聞電，減收對折。民國元年，于右任君長交通，照商電減收四分之一。惟電局拍發時，先儘府院部、各省軍民長官所發紫花電，三等加急商電次之，四等商電又次之。新聞電須待紫花電、三等加急電、四等商電拍完後始發。往往郵遞平信已到，而新聞電尚未拍到。其遲到之種種原因（一）官電絡繹，每拍一電，動輒數千字，如遇發生事故，官商電絡繹，新聞電必更遲到，電費照給，絲毫不能短少。照電局章程，如輪機已到、電報不到，照例退費。乃歷年以來，凡遇遲到之電，向之交涉，不曰線壞，即曰軍閥檢查耽擱，電局不負責任。（二）軍閥檢查，往往假戒嚴為名，實行檢查郵電。所派檢查員，目不識丁，任意延擱，動輒

扣電，並將電文中要句刪除，無從編輯，祇好全文棄之。北京快報，如一日之報，二日晚十點到申。一日所發之電，如一日夜十二點前到申，尚可刊入二日報。如被延擱，遲至一日下半夜二三點到申，則已不及排入付印。二日晚快報已到，已失電報効力，大約所得新聞電効果甚少。故近年來凡遇要事，不惜電費，每拍三等急電，每字照新聞電貴十二倍。如北京拍至上海新聞電，每字電費洋三分，急電須三角六分是也。然亦有誤時者，電信扣發，不僅軍閥，民國以來，交通當局有國民黨、新交系、安福系、舊交系、北洋系，人物既夥，事實亦多。然有關涉彼等之事，雖或偶有扣留，尚不至一律扣發。如許世英之公園被捕、曹氏之趙家樓宅焚毀、曾葉之下令通緝等等，均傳至上海，披露報端。獨洛陽系之高恩洪，一有關涉，無論何事均扣不發。不知事實昭著，千人皆見，決不能以一手掩盡天下之耳目，此真歷來未有之怪事也。各國對於報紙，多方維護，而中國政府，郵電兩項，摧殘輿論，至於此極，良深浩歎，此辦報困難之又一原因也。

　　各省軍閥專權，每假戒嚴之名，檢查郵電，對於訪員，威脅利誘，甚至借案誣陷，無惡不作，故報館延聘訪員人材，難若登天。有品學地位俱優、而見聞較廣者，咸不願擔任通信。坐井觀天之輩，為餬口計，欲謀充訪員者，雖車載斗量，報館亦不願使若輩濫竽充數。至各埠分銷人，須具有二項資格，方為合格。（一）須具有勤儉幹練之能力，能使報紙銷路推廣，日增月盛，方為合格。（二）須銀錢可靠。然兩項資格具備之人

才，甚不易得。蓋凡具有廣交之才者，其人用途必大，以報紙蠅頭微利，月得幾何，不數月輒苦虧負。如謹慎拘執之人，銀錢雖可靠，而辦事鈍滯，欲使其推廣銷路，必難收效。故欲求推廣報紙人材，殊非易事。余對於此項人才，加意選擇，故各分館暨各分銷處主幹，均具有完全資格，方有今日之良好成績。

泰西報界新聞記者，均具有專門學識，曰新聞學，曰廣告術，故報館各部，人才無患缺乏。乃中國報界缺乏專門人才，雖近年來各大學校，間有附設新聞學一課者，亦正在教學期間，此吾國報界所以有幼穉之嘆。報館各部人才，既如此難得，慎重延聘，尚虞隙越，主其事者，既欲敷衍股東情面，而復欲收羣策羣力之益，豈不難哉，此辦報困難之又一原因也。故余對於各部同人，慎重延聘，量才使用，均能潔身自好，絕無黨派關係，同德同心，得有今日之聲譽者，未始不由於此。

余自己亥任事，迄今廿四年如一日，兢兢業業，不遑啟處。各股東誠信相孚，用人言論，從未加以絲毫干預，故得積極進行，設備逐漸完密，幸矣。本報三十年差得有此成績，他日新聞學成，人才輩出，揚國家之新文化，啟人民之新智識，本報將與泰晤士報並行於歐亞兩大洲，而為世界之兩大報，是則余欣悅企禱，而更為無窮之願望者也。

二、新聞報編印，〈新聞報發行〉、〈新聞報設備〉，
《新聞報概況》，上海圖書館藏，1931.9。

（原文表、銷數表無格線，為編者所加）

報紙之行銷也，端賴交通便利，遞寄迅速。本館初創之日，猶在交通閉塞之時，郵政與鐵路，尚未倡行，故在當時，日銷份數，不過數百，間或銷行蘇杭兩地，亦必藉人力之快船，隔日方到，推銷至難。後幸寧杭兩路先後告成，同時內河航業相繼通行，加以津浦平漢路亦次第觀成，交通既已倡達，銷數遂日益推廣。以迄今日，本報每日實銷已達十五萬零零二十八份，各處分館分銷，亦已有一千三百二十餘處。徒以郵局寄費高昂，各處幣價不一，以致僻遠地方，未能普設分銷，但藉單份之立卷報紙以寄達耳。所有各省及歷年銷數比較表，詳列插圖。

新聞報歷年銷路比較表

1893	光緒十九年	300
1894	光緒二十年	3,000
1900	光緒二十六年	12,000
1909	宣統元年	14,486
1912	民國元年	19,418
1914	民國三年	23,629
1916	民國五年	33,045
1919	民國八年	45,782
1920	民國九年	50,788
1921	民國十年	59,349
1922	民國十一年	74,284
1923	民國十二年	81,737
1924	民國十三年	105,727
1925	民國十四年	127,719

1926	民國十五年	141,717
1927	民國十六年	144,079
1928	民國十七年	148,152
1929	民國十八年	150,150
1930	民國十九年	150,028

新聞報各地銷數表

貴州	20
四川	25
廣西	40
甘肅	50
南洋群島	54
山西	84
陝西	99
歐美各國	122
廣東	134
黑龍江	310
吉林	312
遼寧	343
日本	352
雲南	413
福建	879
河北	1,141
湖南	1,550
湖北	2,509
江西	3,069
河南	3,595
山東	3,859
安徽	13,701
浙江	18,750
江蘇	37,537
上海	61,080

各地日銷總數：150,028

新聞報設備

無線電機：本館鑒於國際新聞，至關重要，若僅恃外人所辦之通信社供給電訊，每虞宣傳失實，或多遲緩。因於民國十一年冬，自行裝置無線電台，接收國內外無線電訊。裝有最新式收電機四部，其中兩部為長波機，專收國外新聞，兩部為短波機，專收國內新聞。十年以來，成績斐然，在新聞上得力不少。

信鴿：信鴿本為傳輸利器，在歐戰時功效甚著，歐美日本，多利用於新聞事業。本館因於去年著手飼養，遴選歐美佳種，聘用專家管理，今已蓄有信鴿五十餘頭，悉能飛越數百里。

銅鋅版機：本館於民國九年，應印刷上之需要，添設置版科，備有德國克里姆虛（Klimsch）全副最新式照相製版機械，於數小時內即可將銅鋅版製成，兼收外界委託工作，交件既速，取費亦廉。此外更備有鐫製銅招牌銅牌及電刻賽銀物件之機械，聘用美術家，專司其事。所有賽銀肖像挂屏檯屏禮屏楹聯照相架及銀盾等出品，銷行市上，久著聲譽。

銅模與鉛字：報紙成版，首為排列鉛字，而鑄製鉛字，全賴銅模。我國文字，為數至夥，但就報紙上所常用者，已達六千之多，復因字號大小不同，益形繁雜。本館鑄字股，備有活體銅模一種，宋體銅模十一種，共計六萬餘枚，英文字模未與焉。

銅模之種類	
巧號字	寬一英吋之八分之七
福號字	寬一英吋之八分之五
頭號字	寬一英吋之八分之三
二號字	寬一英吋之八分之二・五
雙號字	寬一英吋之八分之二
三號字	寬一英吋之八分之一・八
四號字	寬一英吋之八分之一・五
五號字	寬一英吋之七分之一
單號字	寬一英吋之八分之一
六號字	寬一英吋之九分之一
扁體字	寬一英吋之九分之一
活體字	寬一英吋之八分之一

　　至言鉛字，目前新聞報每份中，所含字數，約二十餘萬枚，而儲存活版科刻字架者，則在一千萬枚以上。此鉅量之鉛字，全由本館鑄字股供給者也。

　　鑄字機：本館備有湯姆生鑄字機（Thompson Type Casting Machine）四架，其速率，每架每句鐘能鑄單號字三千餘枚，復有國貨人力鑄字機七架，以備急需。

　　壓紙版機：鉛字既排成版，從前係用厚薄型紙粘合數張，覆於版上，以人力搏擊，再藉熱力蒸發，乃成紙版，每塊需費時半小時之久。今則用硬型紙，平置版上，蓋以氈呢，推入德國弗冷根叨（Frankentahl's Direct Pressure Matrix Press）所造之直壓機。本館備有二座，此機可發千噸之巨大壓力，字跡遂深入型紙，所費時間，每塊僅一分鐘耳。

　　澆鉛版機：紙版既成，乃用澆鉛版機，藉紙版上之字跡，鑄成半圓形之鉛版，然後安置輪轉機上，刷印報紙。此項澆鉛版機，其構造係融合「熔鉛爐」、「汲鉛機」、「鉛版型」、「割版機」、「刨版機」、「冷卻

器」六種而成。本館現用者，為美國瓦特廠（Wood）之「熔鉛爐」、「汲鉛機」，與英國帕納廠（Pony Autoplate）之「澆修機」連合而成者。其速率，每分鐘可澆鉛版三塊，每句鐘可澆二百塊，迅速異常。

印報機：中國報界印報機，曩用單張平版機（Flat Bed Printing Press），即俗謂花旗架子與大英架子者。本報在民國三年，銷數已見發達，原有平版機，損時耗費，因於是年購置巴德式二層輪轉印報機（Potter's Two Deck Rotary Printing Press）一座，該機能力，每小時可出報七千份，雖較現在最新式印報機速率，相差至遠，然在上海報界得改用輪轉機之益，實自新聞報購置此機啟之。嗣後陸續添購三層者一座，四層者兩座。民國十七年至十九年間，復先後購置美國司各脫廠最新複式印報機（Walter Scott's Multi Unit High Speed Rotary Press）兩座，同時因房屋狹窄，將首次置備之巴德式兩層印報機，讓予天津報館。故目下本館，共有印報機五座，其速率分列於下：

三層 Goss 機一座：每小時出報三張者，一萬二千份。

四層 Potter 機二座：每小時每座出報四張者，一萬二千份。

司各脫 Scott 機二座：每小時每座出報四張者，三萬六千份。

煎膠機械：印機上所用油墨，必須經過若干膠質圓棍之滾軋，方可平勻。本館現用膠棍，有三百餘根之多，均以羅威 Rowe 間膠機械澆製。此種機械乃利用蒸

氣電力及空氣壓力，非常便捷。時間既速，出品亦優，較用人力澆製者，光潔耐用。

　　運輸機械：本館銷數，今日已達實銷十五萬份有強，此鉅數之報紙，均須於兩小時內刷印完畢，其間經過排印澆各項手續，時間既極短促，手續又至繁瑣。除將印刷機械力求迅速外，即在傳遞各種材料版子等事，亦必應用機械，以節時間，使無延擱。關於分布油墨，則儲備墨池，經鐵管而流入印機，毋須人工傳遞。版子則有運版車，及小電梯。印報捲筒紙大而且笨，則用運紙車，由特備鐵軌分達各機印成報紙。則有電動報紙運送槽，運入發報間，由運報車遞送郵局。凡可以應用科學器械以求迅速者，本館無不設法改良，盡量置備，使讀者得快睹也。

三、「上海各大報比較」，1946.2，〈申報有關發行、廣告方面的統計報表〉，《申報新聞報檔案》，上海市檔案館藏，檔號：Q430-1-11。

（原表直式書寫，數字部分為國字，為便於容納入表，編者改為橫式，數字改為阿拉伯數字）

			申報	新聞報	大公報	正言報	中央日報
五日內篇幅	廿二日		一張	一張半	一張	一張 1/4	一張半
	廿三日		一張半	一張半	一張	一張 1/4	一張半
	廿四日		一張	一張半	一張	一張 1/4	一張半
	廿五日		一張半	一張	一張	一張 1/4	一張半
	廿六日		一張半	一張	一張	一張 1/4	一張半
廣告狀況	面積及百分比	22	710 吋 55%	1236 吋 68%	583 吋 47%	360 吋 26%	462 吋 27%
		23	1012 吋 52%	1215 吋 67%	675 吋 50%	375 吋 27%	520 吋 31%
		24	716 吋 55%	1225 吋 68%	675 吋 50%	375 吋 27%	581 吋 34%
		25	980 吋 51%	757 吋 67%	675 吋 50%	375 吋 27%	552 吋 32%
		26	985 吋 51%	795 吋 65%	675 吋 50%	375 吋 27%	517 吋 31%
	收入估計	22	182 萬元	289 萬元	157 萬元	72 萬元	92 萬元
		23	253 萬元	300 萬元	182 萬元	75 萬元	100 萬元
		24	182 萬元	280 萬元	182 萬元	75 萬元	116 萬元
		25	247 萬元	280 萬元	182 萬元	75 萬元	110 萬元
		26	246 萬元	294 萬元	182 萬元	75 萬元	104 萬元
發行	銷數		83,000 份	100,000 份	45,000 份	36,000 份	14,000 份
	收入		218 萬元	264 萬元	118 萬元	71 萬元	25 萬元
每月開支估計			8600 萬元	11000 萬元	6300 萬元	4000 萬元	4200 萬元
盈虧估計			盈 500 萬	盈（約計）2000 萬元	盈（約計）1000 萬元	盈（約計）380 萬元	虧 500 萬元
附註			前進頗有望	廣告較佔優勢，平均約多 30 萬	三月一日起遷往愛多亞路新址自備印刷		

四、申報發行科，「本埠各報銷數批價一覽表」，1946. 2/26，〈申報有關發行、廣告方面的統計報表〉，《申報新聞報檔案》，上海市檔案館藏，檔號：Q430-1-11。

名稱	本埠銷數	外埠銷數	本埠定價	外埠批價
申報	44,000	26,000	40	26.4
新聞報	65,000	35,000	40	26.4
大公報	25,000	20,000	40	26.4
中央日報	3,000	11,000	40	18.0
正言報	9,000	27,000	40	19.8
和平日報	2,000		40	18.0
中美日報	3,000	6,500	40	16.0
神州日報	600	3,000	20	8.4
時事新報	2,000	5,000	40	22.5
文匯報	2,200	6,000	40	18.0
民國日報	2,000	5,000	40	16.0
前線日報	8,000		40	24.0
辛報	4,800		50	37.5
鐵報	1,150		50	37.5
立報	8,000	6,000	30	19.8
大晚報	9,000		40	25.5
華美晚報	7,000		40	25.5
大英夜報	5,000		40	25.5
備註	正言報有直接訂戶 4,500 份，大公報直接訂戶 1,200 未列入，本報係根據實在銷數。			

五、申報發行科，「全國各大埠申新大公銷數表」，
1946.9/4，〈全國各埠申報、新聞報、大公報銷數
表〉，《申報新聞報檔案》，上海市檔案館藏，檔
號：Q430-1-69-136。

（原文無新式標點，為編者所加）

省名	地名	本報	新聞	大公	省名	地名	本報	新聞	大公
江蘇	蘇州	3,500	4,200	2,000	河南	開封	150	150	500
	無錫	3,150	5,500	1,650		洛陽	170	100	400
	常州	2,040	3,800	1,,250		新鄉	220	230	250
	鎮江	1,020	2,500	800		鄭州	130	250	1,050
	揚州	660	1,200	450	陝西	西安	210	150	400
	南京	3,540	6,500	3,800	四川	重慶*	200	50	500
	南通	920	1,400	500		成都*	50	10	200
	徐州	500	740	800	貴州	貴陽*	45	15	150
	松江	520	820	145	山東	青島*	220	120	300
浙江	嘉興	850	1,415	330		濟南*	150	60	400
	杭州	1,700	3,170	2,150	廣西	柳州*	50	10	80
	紹興	200	300	150		南寧*	30	10	60
	寧波	400	800	360		桂林*	30	10	50
安徽	蕪湖	440	760	900	湖北	漢口*	360	120	2,200
	蚌埠	300	620	500	綏遠	歸綏*	25		
江西	南昌	190	80	300	雲南	昆明*	200	50	250
	九江	70	50	200	遼寧	瀋陽*	70	40	200
湖南	長沙	160	150	200	西康	康定*	5		
福建	福州	130	220	550		雅安*	15		
	廈門	125	200	350	河北	北平*	5	10	200
廣東	汕頭	50	80	120					

附註：1. 有＊者係由航空寄遞。

2. 航空郵費每十公分卅元，大公報篇幅較少郵
費較省，故易推銷。

3. 臺灣方面，大公報係寄紙版前去，由當地印
刷發售，聞每天能銷二千份，本報亦擬寄紙
版，尚在計畫中。

六、江暮雲，〈本報臺灣辦事處是怎樣成立的？〉，《申報館內通訊》，第一卷第七期，1947.7，頁 16-19。

　　外省報紙進入臺灣孤島，所遭遇到的困難，正和外省人進入海島一樣，或許更要厲害到數十百倍。現實給你重重困難，無疑地存在著一種不可抗拒的阻力，但不論其抗拒力強烈到若何程度，我們還是需要痛苦地忍受，咬緊牙關來克服。

　　如今我是抱著怎樣的心情來追述臺灣辦事處的設立，我是無以解釋的。唯一的感覺，只是時間和堅毅力，幫助我完成了本報在臺灣一個據點的建立。我深信做任何一件事原都有困難，不過在個人，這還是屬於最最困難的題目之一。走筆至此，很希望館內外同人的鼓勵和指導。

　　最先進入臺灣的外省報紙是大公報，這是人為環境使然，因為館內有幾個臺灣人，自然鼓勵在臺灣發行，爭取光復新省的讀者羣。大公報在去年初已經在臺北掛了牌，開始用航空版印刷。在當時，找一所房子是並不困難的事，差不多政府和人民都沒注意到這些，可是談發行卻並不容易。其次是上海中央日報，他們是以圖書公司出面而冠以中央日報的招牌的，事實上中央日報只是他們「事業」之一。本報和新聞報呢，直到去秋十月十二日陳總經理和詹文滸先生等來台考察時，始遵照總座面諭，開始找房子，並探詢有關印刷、紙張、航機班次等實際問題。當時有三幢房子可作為設立辦事處的對

象：一是臺北車站和航空公司對面臺灣通訊社內，租權屬省黨部；一是御成町的三樓面，要出頂費（去年下半年起，臺灣租屋就出現了權利金的名稱，據說這是上海商人帶來的惡習之一），不是鬧市，以上都經總經理否決了，乃改以本町已撤銷的糧食調節委員會那一幢三層樓的屋子為對象。當時日產處理委員會副主委何孝怡先生特地陪了總經理實地察看，在一座零亂不堪的破樓上看定了辦事處的基地。當晚總經理更面託陳儀長官，翌日臺北市政府的招待會上，總經理又特別面託游市長彌堅，幫助本報在臺灣長成起來。照理，以一個有歷史有立場的報紙，向新收復的省份作一幢房子的要求，是不太為過的吧。可是自總經理飛返滬上逕函陳長官，經批示「照准並予函復」以後，卻遭遇到實際上的一連串困難，這重重困難，一直到最近才告解決。

主要的是上層的人都肯幫忙，而下層的人卻故意給你阻撓、拖延，種種為難。陳長官和何孝怡先生，尤其是何先生，每遇著困難，總得去找他解決，他們也不怕一切，當自己的事一般認真指示和鼓勵我做去。可是下層就不是那樣地能服從，能善意幫忙，他們「鼓勵」本報住這幢屋子，但也「鼓勵」人家住這幢屋子，反正這是日產，運用雙重人格又何妨。其次是站在臺灣人立場上的外省人，他以外省人熟習的言語、技巧，來和你敷衍說項，結果又搬出了「臺灣人自己辦報還沒房子，怎能給外省人享用」的偏狹的話，事實上則煽動佔用人不法侵佔下去，無理地和你拖延下去。事情弄到這樣一個地步，我個人也有責任，我的責任是不能將報館的錢

浪費作頂費，同時我也沒有請過流氓地痞來幫我忙驅逐侵佔人出屋，實施本報應獲得的租賃權；結果，只有再麻煩總經理代電長官，交警務處強制執行，警務處本很可能以「房屋糾紛涉及民事無法承辦」為藉口，關起了執行之門，而前任臺北市警察局長陳松堅且曾乾脆地對我說，「房屋糾紛的事，請你們自己打破了頭流了血再來找警察局。」警察局維持治安，顯然是站在看客的地位，看兩面打得血肉淋漓，他再出來做魯仲連，向雙方討好。可是警察局還是不能不接受長官的手諭，時間終於迫使他們選擇應走的大路，於二月中發佈強制執行命令，勒令遷出，限期是二週。

在這期間，辦事處沒有一定的據點，簡直像一個流動的小劇團。最先，是借臺灣通訊社高得石先生處辦公，隨後又借國是日報二樓一角批銷報紙，等到國是休刊，我們只好蹲在旅社裡，在草席上摺報、迎客和處理日常事務。如此到四月二十二日，我們才正式遷入原先總經理所指定下來的屋子，就是這一「遷」，也不知傷了多少腦筋。事實上在全幢二百九十多坪（每坪等於三‧三三平方公尺）的屋子中，租權人所使用的只有一二十坪的二樓後部，下面和三樓都有住戶，且儲存不能任意移動的印刷器材。可是遷入以後，至少已取得事實上的根據，較之蹲在小旅社裡總要高一籌。這一個據點的獲得，不能不感謝幫助我們的何先生和現任台北警局長林士賢先生等。但更不能不感謝「二二八」，把一種驕縱的偏狹的惡風氣全清除了！

本報有充分理由和證據，可以控訴侵佔人，要他賠

償因稽延而致本報業務上經濟上的損失，也可以飭令第三者從速遷出，可是在臺灣，我們還不能這樣做，我們只有忍受。時間和事實，終使他們自動的委託中間人出來調解，以及將另一幢完整的屋子跟辦事處對調，這樣對調，對於辦事處有利益，對於他們也是有利益的。我們的利益是：（一）地點更適中，交通更便捷，對航空公司、郵電局、火車站是一個中間站；（二）緊湊，獨門獨戶，是二房東，也是三房客；（三）樓下作營業發行部份，二樓有留客住宿的席位，三樓可以作宿舍。

　　經請示總經理後，我們已以不小的經費，在五月廿七日開始修理，工程公司總經理吳文熹給我們幫忙承包修理；水泥公司溫總經理步頤給本報配售水泥；公路局華局長壽嵩代我們申請裝設電話（在台北裝電話，不是件容易的事，雖然電訊辦得並不意想的好），借車輛；我們自己常說：「辦事處是尼姑養兒子，眾人幫忙！」

　　我們準備在亭子腳下做貼報牌，還有一個玻璃櫥窗，可以 SHOW 本報的出版物和有關照片。本報金黃色的大字在重慶南路掛起時，個人如釋重負地透了一口氣，這也正昭示著本報在海島已有了堪以發動攻勢的立足點！想起半年來為房屋事東奔西走，到處囑託，到處碰壁，有幾次我幾乎噙住了淚，但我頓時又感到興奮，像是戰鬥後的小勝利似的。

　　現在橫在辦事處前面的難關，只有一個「發行」。經過年半的勾留，在新聞活動上，似乎不再有大困難，而本報發行的擴大和深入，卻更需要努力。

　　本報現在和三百六十萬臺胞固然還保持著一個距

離，即幾個大都市的智識階層，也還未能深入。臺灣的報紙有讀者，而且有眼睛，也有力量，但他們所熟習的是閩南語言和日本文字。五十歲以上的人都知道本報，但他們畢竟「久違」了，和年青的一代一樣，不能純熟地閱讀，更不急迫地需要了解本國和世界的事情，他們最關心的是臺灣，臺灣本身的事情。

我們現在祇盡可能地向內地來的人中發生影響。這不是目的，這是一時的手段，希望再多事宣傳，多從事臺灣事情的報導，擴大本報在臺灣的影響，我深信以後一定是有前途的。

我們所最當考慮的是：要不要放手做去？交通運輸的不靈活，無定期，給予發行上相當的阻力。我們可能出航空版，只是全臺灣還沒有可供本報那樣尺寸印刷用的輪轉機，發行是繫於交通和印刷上的。

在這些時間中，發行業務所給我們最麻煩的問題是報款的不能迅速收取，以及報差的管理。臺灣拖賴報款似是一個風氣，不能不糾正。因為報紙來自上海，常時是當天和昨天的，事實上教訓我們採用了最麻煩的「發報蓋章」的方式。每一份報送到定戶時，都得蓋章，定戶不能說沒有收到，藉此也可以檢查報差是否拆爛污。這裡的報差固然要別具戒心，而對於不誠實的定戶，也不得不取得證據。這是麻煩而又消耗時間的事，但在收賬繳款時，卻收了大效果。我們現在差不多沒有零售份數，照八折批發給報童，但一轉手間，竟索價三、四倍以上，也實在太要不得！

處理業務和探訪活動純然是兩件事，但這兩件事都

需要我們去克服它。

　　簡單地追憶到本報辦事處在臺成立的經過以後，我有熱淚，有感慨，有希望！深信任何事業的起步，都是困難的，所幸工作者能獲得總館最大的支援，加強了信心，堅定了目標，把空間上遼遠的距離縮短了。自然臺灣辦事處未來光明的遠景，更寄託在總館各方面的支持和領導的，希望時間能助它成長、發達。

　　我不過是本報進入臺灣海島、執行總館命令的一個拓荒者，希望總館能擇定一個好日子，給辦事處做個紀念日！

七、「一年來三報銷數一覽表」，1947.8，〈上海市
　　報館同業公會的通知理監事名單及理監事聯席會
　　議記錄和白報紙限額分配情形等〉，《申報新聞
　　報檔案》，上海市檔案館藏，檔號：Q430-1-25。

年	月	申報			新聞報			大公報		
		本埠	外埠	共計	本埠	外埠	共計	本埠	外埠	共計
35	7	84,000	33,000	117,000	93,400	40,000	133,400	16,500	31,500	48,000
	8	91,000	33,900	124,900	97,000	37,600	134,600	15,000	33,000	48,000
	9	95,000	34,100	129,100	100,000	40,900	140,900	12,000	25,700	37,700
	10	100,000	42,000	142,000	150,000	48,200	198,200	15,000	32,000	47,000
	11	103,000	42,300	145,300	135,000	52,200	187,200	16,000	37,100	53,100
	12	95,000	41,600	136,600	112,000	46,600	158,600	13,500	39,500	53,000
36	1	84,000	39,500	123,500	112,000	51,000	163,000	13,000	35,500	48,500
	2	80,000	37,000	117,000	112,500	40,000	152,500	12,000	35,300	47,300
	3	68,000	32,800	100,800	98,500	38,400	136,900	12,500	37,500	50,000
	4	65,000	33,600	98,600	94,000	41,400	135,400	12,500	40,300	52,800
	5	56,000	34,900	90,900	82,500	42,300	124,800	22,500	42,400	64,900
	6	56,000	34,700	90,700	84,000	43,100	127,100	35,000	45,400	80,400
	7	69,500	34,500	104,000	82,000	41,200	123,200	34,500	43,700	78,200
	8	77,200	35,600	112,800	85,000	40,000	125,000	33,000	47,400	80,400

備註：（1）上表所列數字，均以每月之平均發行數字為準。
　　　　（2）上表所列數字，截三十六年八月二十日為止，八月二
　　　　　　十一日以後，均未列入。

　　　　（一）申新二報向執上海各報之牛耳，戰前申新各
銷十餘萬份，大公報滬版日銷始終未越三萬份大關，勝
利後三報先後在滬復刊，大公銷數與申新較，亦望塵莫
及。惟自今年五月二十五日起文匯停刊後，大公因言論
路線在上海報業同業中最與文匯接近，遂得乘機崛起，
增加較多，但迄今仍在申新之下，惟外埠則已超出申新
之上。顧其現有印刷設備不逮申新遠甚，日出八萬份，
已達其出版能力之飽和點，一時未易長足發展（申新大

三報一年來銷數詳見附表）。

（二）申新二報之員工待遇，向較他報為優，而二報間之員工待遇，又有歷史的聯繫性。申報開支龐大，受新聞報影響之處，不一而足。前年十一月二報復刊，彼此營業狀況距離更遠，（之前申報營業向在新聞報之後，但勝利後上海報館同業多至二十餘家，申報頗受打擊，而新聞報依然故我，不受影響）。顧在新聞報方面以收益既豐，對於員工每多顧忌，遇有要求，輒予接受。申報員工因而根據慣例，既起效尤，即以技工超批津貼一項，在申報經半年餘之爭執，始允給予新聞廣告部分排字工人，本可相安無事。徒以新聞報對於其他工人，亦有超批津貼（以新聞廣告兩部分排字工人之超批津貼對折後作七五折計算），申報其他部分技工，遂以新聞報為例，繼起要求，申報以投鼠忌器，不得不忍痛效尤（所略異者，申報係照新聞廣告兩組超批津貼平均數之七折計算）。申報收支不能平衡，員工薪津之負擔太重，實其主因。而推本溯源，所受新聞報之影響，又凌駕任何因素之上。前年復刊時，因接收過於匆促，申報對於員工問題，未遑充分考慮，竟成今日之掣肘狀態。

（三）年來新聞報之盈餘甚豐，稽考其繁榮由來，不外兩端：（甲）廣告收入占壓倒性的優勢，（乙）官價結匯紙數量超越其他各報遠甚。最近政府公布外匯新辦法，報紙不在官價結匯之列，以本年第二季（五六七月）新聞報之配紙量為基數而加以估計，該報今後每月須增加支出十七、八億元之鉅。故新聞報在現

狀下而堅持加張，不僅威脅申報之生存（理由詳後），即就其本身營業言，亦為一無可解釋的矛盾。

（四）目前新聞報日出三大張，申報日出二張半，本外埠張數均一律。新聞報力主本埠加多一張，外埠減少一張（即本埠四張外埠二張），而以本外埠總數不超過六張為理由，無如該報外埠銷數僅及本埠之半，改張後用紙量勢將加多，與中央節省用紙及限制報紙張數之原則根本相衝突。雖新聞報揚言多出之紙張，願取給於黑市，而對申報之威脅，初不因是而稍減。蓋申報既出二張半，在篇幅上已居劣勢，一旦新聞報本埠加張，申報不自量力，妄欲追隨，其加出之紙張何所取給？配給紙既告絕望，購諸黑市談何容易？如前所述新聞報廣告占壓倒性的優勢，上海各報之廣告來源，本埠占百分之九十八以上，申報幸而因新聞報之篇幅限於三張，尚能分得其不能容納之餘瀝而苟延殘喘，一旦其篇幅擴展一大張，勢非將僅餘之廣告一網打盡不止。屆時申報連現有二張半之廣告尚難保持，遑論發展。反之申報之員工待遇，則視新聞報為升沉，新聞報加張後其員工待遇勢將增高，以兩報現有之篇幅，申報相差半張，員工已多怨言，如新聞報日出四張，而申報維持原狀，則員工待遇之差額擴大至一張有半，嚴重之人事糾紛，指日可待。假若申報亦取加張政策，充其量本埠僅能增加半張（共出三張），兩報員工待遇之差額，仍較目前增加一倍，但因加張而增多之員工薪津支出，紙張油墨等之額外耗費，及因新聞報加張而減少之廣告費收入，總計每月不下十億元之鉅。赤字驟然擴大，來日方長，其將何

以為繼。此外如出版時間之延遲，及小尺寸（半張）存紙之無法利用，等等困難不勝枚舉。

（五）新聞報自稱加張為應付某報之唯一武器，此一前提之是否正確，已大堪疑問。退一步承認其為正確，則申報為本身生存計，不得不要求：（甲）新聞報加出之第四張內不刊廣告，或（乙）就其現有之廣告量（每日約二百批）平均支配於四張之內，不再增加廣告之批數。至於新聞報因加張而增加之支出，僅可取價於廣告客戶，換言之，即儘量提高廣告費，此與該報以廣告為本位之一貫的營業方針，實相符合。總之新聞報如取「一石二鳥」之戰略（一方面應付某報，一方面獨佔廣告收入），而增加張數，某報未被打倒，申報先無立足餘地。攘外必先安內，未有分散內部團結力量而能一致對外者，深望同氣連枝之新聞報當局各同志，曲諒此意，為申報留一線生機。

八、某甲，〈發行科的「外批」〉，《申報館內通訊》，第二卷第二期，1948.2，頁 25-26。

　　「外批」這名詞，可說是我們發行方面的一種術語。簡言之，即外埠分銷處批發報紙。吾報銷行既遍全國，因各地域交通情形之互異，報紙寄法亦就不同。是以「外批」有平寄、航寄、自取之別。大部份外埠報紙都是平寄的，即將報由郵局或火車利用水陸交通運達經銷地點。這種運法，費用最省。在鐵路或公路沿線各大埠，最為適用。但在位置稍偏僻的地方，這樣寄法，報紙必須幾經轉手始克運到，在時間及其他各方面，都不免要耽誤。我們往往接到這種地方經銷人來信訴苦，說報紙常常許多天併在一次收到，而且晚出的已先來了，而早出的反在後面慢到。類此情形，驟視之，固難理解，但推原其故，毛病實出在報紙轉口地方。那裡的郵局，人手缺乏，每天收到的報紙，不及即時轉出，堆置一旁，等挨到搬運這些報件時，便胡亂的搬一陣，已顧不到次序不次序了。諸如此類的乖誤，真使分銷人啼笑皆非。我們曾屢次向郵局方面據理力爭，要求改善，惟有時格于情勢，殊鮮成效。尤其在今日許多交通線（像隴海路等）受戰事影響，橫被阻斷，報件的傳達更慢，有時根本就不能寄到。所以像鄭州、西安等許多較遠的地方，現在都改作航寄了。

　　報紙經了空間運輸，自然比陸上要快得多，惟在飛機直達的許多地方中，不一定都能裝運報件，像廣州，飛機就只載旅客，不運貨物。又像到成都去的飛

機，雖能裝報紙，但每星期只有一、二次飛行，班期太少，亦不能為我人服務。所以，必須既可接受運貨，班期又不太少的地方，報紙才能交航空公司直接由飛機運去。目前這樣的地方祇有北平、臺北、重慶、漢口、香港、南京、青島、西安等八處。而且大多不是天天有班機的，即到了班期，也往往會臨時因事停航。至于裝報紙的噸位，也受限制，不能隨心所欲，發行科只得天天與航空公司通電話打聽班機，預定噸位。這樣，在飛機開的日子，報可當天寄到，否則，假使下次班機噸位夠，就留待下次併運。再不然，只有交郵局航寄，蓋郵政局與航空公司協定，每機有若干噸位供運郵件，我們就利用此項噸位，來裝運寄剩的報紙。至於其餘不經飛機直接寄的航空報，則全部交郵局寄，此因手續關係，較飛機逕運為慢。

航空寄報，費用太高，往往一份報紙的運費，比報紙本身還貴（目前蘭州即是如此），讀者負擔太重，不易普及，實為其最大弱點。像汕頭、福州等可利用航空的地方，迄今還是靠緩慢的平寄報，其一大原因，亦在于斯。

至所謂「自取」報，即由經銷人託人每晨來館取報後，自行設法寄去，此僅限於龍華、泗涇等本埠近郊，及寧波、南通等每日有海輪直駛的口岸。此等地方的報紙，如交郵寄，那要慢得多，是以經銷人不惜以較高費用，以爭取時間，使讀者先睹為快。「自取」報因受地域限制，在整個「外批」中佔數甚微。以上所述，僅為「外批」報之崖略，其間困難重重，要皆起于戰亂時期

交通梗阻所致。我們雖時時在力謀改進，儘量利用種種
交通工具與機會，但為事實所限，有時實感力不從心、
只好徒呼奈何。大約總要到交通運輸情形能有所改善，
才可能完全解決這個問題。

貳　記者職業

一、嚴獨鶴，〈十年中之感想〉，《新聞報館三十年紀念冊》，上海圖書館藏，1923 年。

（原文無新式標點，為編者所加）

　　本報生三十年矣，譬諸於人，自幼而少而壯，苟非寂然無聞，則其經過之歷史，與其所表現之成績，度必有足以紀念者。而況此三十年中，無論國內國外，潮流激盪，時代之遷移，人事之變換，已不知其幾何度。日月不居，滄桑屢易，則本報出世至今，雖僅三十年，猶在少壯時代，而論其閱歷，固已不啻一深經世故之老人矣。顧紀念之價值如何，當俟諸社會之公論，非同人所敢自詡。予之服務本報，自民國三年始，迄今纔十年耳。就本報之歷史計之，祇及三之一，尤無足稱述。第平時感想所及，亦若有不能已於言者，爰不辭固陋，拉雜書之。

　　本報之有快活林，祇可視為附庸，但此附庸之國，時復足為宗邦之後勁。蓋愛讀本報者，殆無不分其眼光，以注視快活林，此實徵諸頻年閱者之來函，與外界之空氣，而敢為斯語，非夸言也。予來館之日，即為快活林產生之日，本報三十週紀念，快活林亦屆十週紀念矣。十年樹木，已及其時，茲者林木葱蘢，頗為當世所欣賞。則固聚海內諸同文之心血以培溉之，乃始發榮滋長，得有今日。如予碌碌，祇可目為林中之園丁，但解灌花掃葉而已，不足言勞也。

　　快活林之範圍，雖甚狹小，顧在編者亦自有其宗旨，十年來內容屢經更易，而宗旨則未嘗或變也。其所持之宗旨，約有四端。

（一）新舊折中：今之主張極端者，每曰世間事物，有新則無舊，新舊之間，不容模稜兩可。此其說固至痛快，然或不免偏於理想，而遠於事實。蓋新舊遞嬗，實為凡事不易之原理，所謂過渡時代者是也。在此過渡時代，不謀新自無從進化，然必盡棄舊者以言新，則新亦失其依據，故新舊調和之說，頗為當世學者所容納。國中文學家於新舊之爭，實至劇烈，編者於此，未敢為左右袒，但就個人之眼光以觀察之，覺與其趨於極端，不如折中之為愈。快活林所紀載之作品，未嘗皈依新化，亦不願獨彈古調，殆取其適中而已矣。

（二）雅俗合參：文藝之作，宜取高雅，此固正當之論。第就報紙之性質以言之，則陳義過高，取

材過雅，皆似不適於普通讀者。蓋報紙之功用，舍傳播消息主持輿論外，亦可目為通俗教育之一種利器，與其他藝術專書，文學著作，祇供通人研究者不同。若一編既出，而不能得一般人士之了解，則已失其報紙之效用矣。故快活林之文字，頗取通俗，求適於群眾。但淺薄無味，或鄙俚不可卒讀者，亦概不闌入，冀其俗不傷雅也。

（三）不事攻訐：文人積習，好弄筆戰，而每以報紙中之附刊，為其唯一之戰場。顧戰場一開，始而尚不過為事理之爭，繼則互訐陰私，各肆醜詆，穢惡之詞，充塞滿紙，旁觀者至蹙額不堪承敬，而執筆者且以此自喜，或竟視為別有妙用，謂可藉以吸引閱者之注意，而激增報紙之銷數，此言亦未嘗無理。然以謾罵動人，又豈正當之道，此固非快活林所敢效尤者也。自有快活林以迄今日，從未起一度之筆戰，亦從未載一攻訐謾罵之文，即有意存挑釁者，亦寧深溝高壘以待之，未敢開關延敵，致起無謂之爭。蓋區區之意，以為他人吹求之論，在我正可藉為攻錯之資，聞過則喜，非所敢望，惡聲必反，亦殊笑其量之狹也。

（四）不涉穢褻：小品文字，詞多纖巧，意近滑稽，則涉筆成趣，時或不免於穢褻，此最大之弊也。顧快活林中，頗思力矯斯弊，誨淫之作，敗俗之文，向不敢實我篇幅。但編輯之際，時間忽

促，字裡行間，或尚有失檢者，則在愛我者有
以教正之矣。

以上所述，不過略言其主張，將與諸同志相商榷者
也。至於編輯方面，則以十年來之經過，尚感有兩大困
難：（一）不能令投稿者滿意：任勞任怨，賢者所難，
若編輯附刊，則其所雜，殊不在任勞而在任怨。在著
作者以文辭見貽，此固出於殷殷愛助之心，投稿而不見
登，自不能免於失望，則編者且身為怨府矣。剿襲之
文，惡劣之作，擯而弗載，亦固其宜。乃有明明佳作，
而或為篇幅所限（如長篇小說，投稿者常有佳構，然快
活林中既載涵秋之作，限於篇幅，後來者遂不得不婉辭
謝絕。又如歲時令節，發行特刊，即或擴充篇幅，應徵
之作，尚未能遍登）。或為時間所限（如應時之作，略
一延擱，即成明日黃花，不為閱者所喜）。或為宗旨所
限，亦竟割捨，則遺珠之憾，益難求諒於人。數年以
前，曾有某著作，以特殊原因，不得不然戛中止，此固
非出自編者之意，然原著者已深致不滿，開罪同文，莫
從告語，此亦事之無可奈何者也。（二）不能令閱者滿
意：報紙之發行，無論如何，自以能令閱者滿意，為唯
一之目的。然閱者目光，各有不同，甲所喜者，乙或以
為可憎，盡人而悅，事有所難，而編者斯窮於應付矣。
此其事初非空談，可舉例以實之。曩者快活林中嘗刊行
集錦小說，當其被露之始，歡迎者至眾，顧一年以後，
向之歡迎者漸易而為指摘，編者意為積久生厭也，於是
決然廢止。既廢止矣，而來書斥責，謂不應中輟，且要
求復刊者，又紛然不絕，此足見人情好惡，殊無定準，

而以文字一道為尤甚也。此外尚有一絕大困難之點，即年來著作家祇有此數，而各種新出版之報章雜誌，則日見其多，於是頓現供不應求之象。故編輯者欲羅致人才，徵求佳著，事至不易，而材料之支配，乃愈見其枯窘矣。

予之職務，於編輯快活林而外，又常從事於新評。報紙評論，宜立於指導地位，始足盡新聞家之天職。顧指導二字，初非易言，吾國新聞家，真能負指導之任者，殊不多覯。以予學識謭陋，更何足以語此，即退一步論，不言指導而言評騭，對人對事，亦初不欲置加惡評。有貶無褒，豈其本願，顧自入民國以來，武人政客，譸張為幻，每執筆為文，幾除憂時傷世而外無一語，更何從歡喜讚嘆。遂令世之論者，疑吾儕新聞家別具僻性，如山膏之善罵，斯亦至可太息者也。

總之新聞記者，其作苦等於勞工，顧予十年來勞工生活，尚有一事，差堪自慰者，則以本報宗旨，向無偏黨，故每有所作，尚可自由發揮意旨，不為違心之論，此則精神上所稍感愉快者也。

二、郁飛，〈風紀問題小諷刺：「新女性」影片中所見所感〉，《大美晚報》（上海），1935.2/7，第 4 頁，「記者座談」專欄，第 25 期。

　　記者座談發起的當時，曾提出「生活修養」的要求，作為同人們自我訓練的目標。所謂新聞記者的生活修養問題，說得明白一些，其實就是職業人格的貞操問題。

　　本來，這一問題，自有私有新聞經營的存在以來，隨著記者們取得了對社會事象有自由記載、暴露或批評的責任地位以來，藉恃著所謂「新聞報導」的威力，以一種驕縱的氣慨，和卑屈的自賤的心理，把自己忠實正當的心理忘卻了，反而把一切新聞存在的意義，都反作用化了。譬如，某一項關係著多數人們生死存亡的事件，是多數的報紙的讀者所熱心關切而急求知道的新聞，可是有的時候，記者們為遵循那種事件的另一當局者的要請，就顧全了另一當局者的利益，將這為報紙是寶貴的消息，竟可以按下不表。他得到了若干的小惠，他就可以自甘背棄多數的讀者。同時，某一項是屬於私人的隱秘生活，他卻可以筆下生花的任情的描寫，作著誇張的「暴露」，凡姦情事故，寫來應是如何的有聲有色。凡足以威脅別人的社會名譽和地位的事，在字裡行間，又如何的帶嚇帶詐，以遂自己或替代別人報私仇洩憤的目的，或者又如何的耍弄刀筆文章的技巧，一面佯裝著「仁義的」面像，一面卻預留餘地以待講條件。社會經濟恐慌深刻化了，是急景週年的時候，市面金融週

轉不靈，許多商店頻於破產的危機，來到了這種現象，正是好文章的材料，雖然不必是悲天憫人，然而這類消息，在新聞的意義下，卻是有報導價值的。然而卻也有人，可以利用這機會，去進行尋覓其個人的「急景凋年的救濟的」。又在全國政治還未達到真正鞏固統一的時候，地方軍人官吏，也每常招待都市的記者們去「他的治下」去視察，希望得到載道的口碑。此外，用糯米年糕供灶神，求此神免奏天庭的事，似乎也是司空慣見的……。形形色色，自己也是一個職業記者的筆者，寫到這裡，衷心希望這些都不是現有的事實。雖然人世間現在的事實，也常常將希望擊得粉碎。

所謂「新聞記者職業人格的貞操問題」，我們揣想，當然是由這擬例的現象而發生的吧。既然要求生活修養，我們就要誠懇、嚴正的，用虛心的態度，來檢查並且批判這或有的現存的事實。上週的座談，對於風紀問題，曾有廣泛的討論，對於風紀問題發生的原因，也有人提出了：

一、改善待遇與改革生活，

二、個人修養與外力誘惑。

這兩種應有的說法，都是正確的。可是，得放眼看看普遍的現實：在現時私有新聞經營的制度下，如何求待遇的改善？是一問題。如何改革生活？是一問題：如何磨勵個人的修養來抵抗外力的誘惑？是一問題。所謂制裁辦法，也有人說得甚為詳盡。然為要求其真實徹底的解決，我們以為還是要把新聞的問題，和一切的社會問題，都聯繫起來，要一個整個的認識的答案。

　　適逢在風紀問題討論的熱忱中，在「新女性」的影片中，又供給了一些風紀問題的材料。在這影片中所出現的那一位學藝版（在上海說，是「報屁股」）副刊編輯的記者，在整個新聞記者地位的比較上說，他不過是很渺小的一員。在舞場裡發散那刊著不忠實的偽報的新聞，得意忘形的喝著舞女所施捨的白開水一杯，對於廣告部和廣告主的顧全，對於豪客的婟媚，對於投稿者的欺弄，探訪新聞時的輕浮，那一幅百怪的面貌，真是「集納」了若干Jazz主義流俗報導者之醜態的大成。社會可真正能出幾文錢來評價此輩人的身份呢？他似乎也有一些「I'll Tell the World」（李屈山主演的「記者權威」的原名）的「精神」，而結果，他不過是做了豪者的奴才。雖然衣貌不同，然而他所能做到事，與他所做到的事的效果，和那在同一影片中的，「戴鴨舌帽者」有何分別？研討新聞界的風紀問題，這卻是要使一切純正的集納入哭笑不得的諷刺的插曲，然而，顯現在螢幕上的，當是實生活的反映，而實生活的性格，倒也是需要行走活動的扮演的角色的。這一類的戲中的角色，他之善於忘忽社會，其程度正與他之善於忘忽自我是相等的，在提倡「禮、義、廉」的時候，不能寬恕「無恥」。人格、氣節、等名詞，雖說是每被作為空泛的教義，但為尋求生活的真理，並建立生存的自信，職業的貞操，還是值得讚美的！尤其一個在職或將就職的新聞從業員，更要強化這風紀問題的貞操觀，被逼而賣淫、固可原諒，而為洗刷這真正輿論權威的污辱，自是先須從制裁賣淫者起。

自然，我們的主題、並不僅是集中在這影片中所見到的渺小的一員。

**三、李仲堯，〈何為「記者道」？明恥與自反──從
「侮辱」記者問題説起〉，《大美晚報》（上海），
1935.2/14，第4頁，「記者座談」專欄，第26期。**

　　看了「新女性」的影片，讀了本刊郁飛先生的「風
紀問題小諷刺」的論文，接著又看到了記者公會為著
「新女性」影片侮辱記者問題而集議對付的消息，這一
連串的事實，引起了我數年來骨鯁在喉的一些雜感。筆
者生平嗜報，一、二年前亦嘗濫竽記者之席，關切既
深，期望亦切，但縱觀國內集納情況，則實有不忍言而
又不能已于言者。

　　「記者座談」創議「風紀問題」於前，記者公會又
糾彈所謂侮辱記者的影片於後，那麼趁這普遍的讀者關
心於記者風紀乃至私德問題的時機，傾吐一下年來蘊積
的私見，也許不無可供記者諸公參酌之處。假使這篇雜
感之類的東西能夠引起讀者和當事者的討論，乃至從這
討論而對記者風紀問題得到一些微末的改進，那當然是
筆者分外的榮幸了。

　　在接觸「新女性」問題之前，我先得談一談所謂
「記者道」的問題，假使這不是筆者的矯激之見，
那麼我以為中國自有新聞以來，這種記者道──The
Procepts of Journalist 始終不曾建立，也可以說始終不曾
有人講過。最顯明的例子，在外國，譬如一個少男或者
少女，因為偶爾的過失而觸犯了刑章，那麼新聞報導者
為著顧全一些年輕人的將來，除出十惡不赦的案件之
外，在記述這一個「犯罪者」的名字的時候，也一定是

筆下留情地用假名來發表。可是現在再請反觀一下中國的實際，未成年者犯罪而用真名，這早已成了記事的常道。最殘酷的是當一個未成年的少女遭遇到慘酷的不幸（例如強姦之類）的時候，我們的無冠的帝皇們好像是為著要對這些可憐的弱者顯示他們的權威，非特發表詳細的姓名住址，甚至要涉及她的父母親族，假使可能，還要輾轉設法覓得一紙攝製版公布而後快！這種慘酷對待弱者的事實，恕我們不能用健康人的常識來揣度執筆者的心理。假使這種處理事件的態度，如郁飛先生所說一般其目的是在「威脅別人的社會名譽地位」以遂其「帶嚇帶詐」之計，那麼這種藉記者的地位以遂行犯罪的事實，已經夠使真真為新聞事業而服務的人們惡嫉而有餘了！

這種殘酷心理的表現，決不限於上述的一項，假使讀者諸君並不健忘，那麼再請想像一下一兩年前上海某黃色報紙報導「太保阿書」伏法當日的記事！殺人、斬首、分屍，尤其是與任何姦殺事件有關的女子的屍體，都是黃色新聞記者所最珍視的資料，中國的記者諸位當然是常常寓目外國的報紙的，那麼請問外國的報上會不會刊載這種珍奇的資料？

去年，上海在千百件慘無人道的事實裡面，偶爾摘發了一件所謂人狗相交的案件，于是各報都用特大號鉛字的標題來報導這件消息，那種露骨的猥褻描寫，除出用「不堪卒視」這四個字之外，別無可以形容的方法。試問誰無家庭，誰無子女，請閉目一想你們將成年的子女們以白紙一般的素樸的心情，好奇而熱心地誦讀這種

記載時的情景！

　　除出這些常識的記者道德之外，拆穿了說，在多數人集團的裡面，利用「新聞報導」的威力，來遂行嚇詐取財發洩私怨的敗類，何嘗沒有！最使人痛心的是正在因「新女性」問題而集議對付外來侮辱的時候，連續的在報上到看了同時在上海新聞界出現的恐嚇取財（鋼報）和以記者的身分而實行搶劫（上海日報）的醜事！我們以為內包的敗類不除，對外的抗議非特不能使人心服，抑且適足供人以譏諷的材料，在這一點，筆者是衷心地期待著記者諸君的勇敢的自反，在對外抗議之前，肅清和檢舉內部的醜劣分子，實在是絕對的必要的。

　　「新女性」影片涉及記者之處，道路傳言，實為劇作者憤慨於某報電影版記者惡意地報導某已故女星自殺事件之記事而起，不問作劇者是否存心侮辱，抑或有意影射，在吾人真誠地期待中國記者道之建立者之立場，則終覺外來的諷罵雖足扼腕，而內在之腐爛亦殊可恥！一弱女子聊倒天涯，憤世自死，其事至愚，其境至慘，不問報導其事之記者對此女星有否私怨，即從人類之立場，吝同情之淚固亦無妨，鼓快意之掌則大可不必！今日激於外來之侮辱而集議對付之諸君，當日對彼背記者常道藉言論權威而洩私憤之人，固未聞有糾彈與抨擊之舉也。我不自責，而人責之，筆者於此，深盼當事諸君能有「明恥與自反」之精神以自處也。

　　洗刷過去的污辱，與建立真正輿論之權威，必先從強化記者風紀與制裁腐敗份子始！這一次「新女性」既已經引起了論爭，我們很希望能夠借過這機會，來一次

刷清內部的工作。朋友們！用你憤怒的火焰，去清除內
包的毒菌吧。

四、〈談社會新聞底記事態度〉，《中華日報》（上海），
　　1935.3/16，第一張第四頁。

　　關於社會新聞之記載底態度的問題，因最近阮玲玉的自殺，是更明顯的說明新聞對於社會的影響之重大。有人淺薄地對一些評論報紙記載阮張案之態度的文字表示著這樣的非議：「難道其他的人底新聞可以刊登，而電影明星的新聞就不能刊登，刊登了就說阮玲玉的自殺，新聞記者應該負相當責任嗎？」這種淺薄的非議，是不值識者一笑的。

　　所謂新聞記者應該負相當的責任，決不是說記者不應該記載電影明星底糾紛事件的新聞，而是記載一切新聞的態度及根據的問題。

　　譬如說阮張事件發生後，張達民的控訴所謂通姦的訴狀尚未送達法院，以「又悉：對通姦……將提出控訴」十幾個字，即以特大號的鉛字登載將控阮玲玉通姦的標題，以及在是非未明，根據單方面的狀詞，即毅然以「背張嫁唐原來都為了財產」而用一個肯定的「！」符號，阮玲玉之自殺不過因明而且顯吧了，其他為這些誇張的記載所迫害的人正不知有了多少呢？

　　又譬如這次阮玲玉卜葬的日期的小小的問題，在讀者間已熟知為十四日出殯，而某通訊社的通訊稿竟在十三日的通訊稿上寫阮玲玉今日卜葬。當日有幾家報紙就這樣的刊錯了，這自然編輯者也應負相當責任，但編輯者究竟是坐在編輯室中的呀！又如阮玲玉自殺之晚上，有的通訊稿說是吞服鴉片，這種微小的事實，正可

以想像到其他誤記的事正不少呢？

　　為了新聞記者在社會上所負的責任之重大，冒昧地寫出這點問題，希望新聞記者們在採訪新聞的時候，應該如何尊重新聞之事實，與態度之客觀，庶新聞紙在社會上能得到讀者的信任，負起服務社會人群的任務，那是我迫切希望的。

五、胡仲持，〈上海的新聞界〉，黃天鵬主編，《新聞學論文集》上海，大光書局，1935.11，第三版，頁 197-207。

一

　　上海新聞界的幼稚，說起來實在是慚愧煞人的。全埠共有日報九家，晚報三家，那些抄襲隔日的他報專以招登廣告為目的的報紙還不算在內，這許多種的報紙，不客氣地說一句，沒有一種是像現代的新聞紙的樣子的。換句確當的話，沒有一種，用世界的眼光來看，是夠得上水平線的，不必說遠不及世界第一流的新聞紙，即和外國人在其殖民地或「次殖民地」所經營的第三流第四流的新聞紙比一比，也相形見絀呢。我們只要拿上海任何一種中文的日報和英日文的日報來對照一下，便可以看出英日文新聞紙是有興味的新聞紙，而中文新聞紙則是無興味的新聞紙；英日文新聞紙的形式是優美的，而中文新聞紙的形式是拙陋的；英日新聞紙的新聞是經過精細的編纂和剪裁的，而中文新聞紙的新聞則彷彿只是拿字紙筒裡的廢紙排登出來的罷了。這並非是一句太苛刻的話。我們試把那些日報上的新聞來推敲一下看，那佔據新聞欄的大部分不是為甲軍閥乙政客散佈空氣的無聊的政治消息和等因奉此式的公文通電之類麼？便是那些本來可以引起讀者興味來的小部分的社會新聞也經過那種拙劣的文筆一記述，變得非常惹厭了。在每一份新聞紙裡，大大小小的題目，累累然不下百數個，其中有些文學的趣味，能夠打動讀者的心弦的新聞，固

然沒有一、二則，便是能夠引起一般的讀者的興味，覺得自己與這些新聞有幾分關係的新聞也沒有幾則。當今凡百事業講求經濟的時代，那些充塞應該寶貴的新聞紙的篇幅僅與極少數人有些關係，甚至誰都不要看的新聞，對於一般的讀者不是廢紙是什麼呢？

有五十餘年的歷史的上海的新聞紙還幼稚到這步田地，究竟是什麼緣故呢？雖然也有人說，新聞紙是跟著社會進化的，這樣的社會當然難望產出較好的新聞紙來，但是根本的原因卻還在於經營新聞紙的人們對於新聞紙的性質沒有正面的了解。上海的新聞界未始沒有優秀的人才，然而大都沒有獲得改革新聞紙的機會，而少數比較開明的當局者，又往往是惰性太深的。上海一般的報館當局的愚昧可以從每天的報紙上看出來，但凡登載北京的消息，總取較尊重的態度，所以從各報的專電上看來，關於北京的消息不問要緊不要緊往往登載在最前頭。而《新聞報》在湘鄂戰事未爆發以前，「時事摘要」欄內則照例只登北方消息不登南方消息的。他們對於本埠各團體向來也有一種歧視的心理，最看重的是總商會，對於該會的文件，看做最好的新聞材料，便是絕無新聞價值的也無不照登，我們在報端常可看到總商繪圖書館收到各縣志書的報告就是一例。他們對於外人的團體也是同樣重視，但是對於所代表的人數遠過於總商會的團體如學生會總工會等卻非常輕視，除了必不得已時候，略登一些消息之外，對於那些團體的很有關係的通電或宣言，往往因了或種無謂的恐懼，投之字紙筒了事。他們雖然因了這種偏見屢次失卻多數讀者的同情，

還是沒有覺悟。除了偏見之外，他們所用的策略也往往
是可笑的。有一家銷路最廣的日報，有時將一般讀者都
不要看的一件件從什麼機關的書記室抄來的公文登在本
埠新聞第一條，因為這是花了好些錢抄來的，不給登在
顯著的地位，不能顯出特色來。

　　上海報界這樣地奄奄無生氣，也有人說，是為了受
壓迫的緣故。我想：這卻也不盡然。今日上海的各報館
受著相當的壓迫，這誠然是不能否認的事，但是這種壓
迫有一部分實在是報館本身造成的。要知輿論的勢力
本來很強大，只要報館有保持這種勢力的勇氣，決不至
如現在這樣，受過分壓迫的。上海各報在民國初年持論
那樣地鋒厲，並未受過嚴重的壓迫。只因為後來逐步逐
步地退讓、畏縮、軟化了，壓迫的勢力便依了自然的公
例也逐漸地嚴重起來，竟至於現在報上登一篇工會宣言
就要罰金（去年《商報》曾因登載某紗廠工人宣言罰金
百元），提起巡捕毆打小工的事就要被傳了。我想，如
果各報能夠堅固團結起來，一致抵制那種過分的壓迫，
便在今日也還有保全應有的地位的可能。但是可惜這只
是空想罷了，上海的報界真是一盤散沙，有少數的報館
為正義而受苦，要求得同業的同情，可也不容易呵。這
麼一來，上海的報界便如同小孩子怕暗似的養成了過分
畏懼的心理，便是明明登出來也不礙事的新聞也不敢登
了。去年顧正紅一案，各報因了這種畏懼心，非但不敢
說一句公道話，甚至連事實也抹煞不登，因此釀成了五
月卅日南京路上空前的慘案。自從闖了這場窮禍之後，
上海各報館益發陷於可憐的地位了。他們對於新聞的取

捨，既怕就地當局的干涉，又怕社會的反感，夾在兩重的威脅之間，頗有不知所措的情勢。那時有幾家報館登載了「誠言」廣告，因受社會的攻擊便只好停登，而在相近期間，也有數家報館因社會的要求，被迫繕立聲明書，停登英美烟公司廣告（雖然有少數幾家不顧信約，現在依然將那廣告大登特登了），上海的報界如果長此沒有相當的覺悟，我想：在當今工潮日益澎湃革命勢力日益擴張的時代，一定擺脫不了這種可憐的情勢的。

二

上海報界之一般的地位，在上面已經說過了，在這裡就把各報的內容分別地談談看。所謂時評、社評或是評論是代表一報的主張和態度的，是新聞紙重要的部分，這是各報都有的。《新聞報》的時評大都揣摩一般商人的心理而說的，歸納起來，不外乎「祈求和平」和「勸告軍閥向善」這幾個陳套。至於精實的評斷，奇拔的見解，在該報的時評中是不容易發見的。這也許是由於過分避免「偏」與「黨的」緣故罷（該報在廣告上曾揭有「不偏不黨」的宗旨）。《申報》的時評往往是無時間性的，有人說過他的時評隔兩三年還可以應用。那些有時間性的簡直都是無意義可言，他所說的都是不說也明白的話，例如八月六日「南方戰事」一評，其警句為「今者南方戰事，已在肉膊之期，其關鍵在人為吳之力量如何，在地為武昌之防禦如何……」此種論法何以異於「人不能呼吸即死」這類的話呢。我想他的文體可以名之為新八股體，對於讀者不但無益而且有害。《時

報》的時評大致差不多，《新申報》近來攻擊赤化可謂
極其能事，但我一讀該報的社評，卻愈覺外報反赤的評
論做得巧妙了。《商報》陳畏壘君《時事新報》潘公弼
君的評論，比較的有一種明確的主張，深切的意義，
《商報》的銷路恐怕大半還是那篇評論所維繫的罷。至
於《民國日報》和《神州日報》有時倒也有幾篇過得去
的評論。

　　各報的新聞大都劃分為專電、緊要新聞、各地新
聞、本埠新聞、商業新聞、教育新聞……這些欄目，這
種分類法實在不大高明。關于同一事件的新聞，往往分
登在數欄之內，留意這新聞的讀者需要將報紙從頭到尾
都讀過，因此覺得很不便，這個毛病在申新兩報犯得最
多。就專電而論，最多的當然要推申新兩報了，《新聞
報》的專電比《申報》切實些，兩報對於各地的專電都
很肯花錢，但是有時太貪專電之多，將不出錢的各省的
官報新聞電，濫充專電，致損報紙的聲譽，實在是不值
得的。而且各地的拍電員有些似乎也欠高明些，屢見某
地的電報所報告的只有某師長某長官的行踪，而每次電
文都有「軍樂隊歡送，或歡迎」字樣，這實在是太浪費
電報費了。

　　緊要新聞的來源大都可分四種：（一）各地通信員
的通信；（二）通信社的稿件；（三）從各地報紙剪下
來的材料；（四）外間的投稿。各地通信員高明的實在
很少。上焉者結識幾個官僚政客，從他們的談話裡擷
取一些資料，做一篇所謂特約通信。其次則將當地報紙
上的新聞摘集攏來，成為一篇較有統系的通信。有些通

信員則便是機關上的二、三等書記員，報館特約他抄寄
文件的。前幾年曾有這樣的一個通信員，因為早一天抄
寄關於中日交涉的什麼文件，得到《新聞報》二百元的
酬金。此外的通信員也有文理不很亨通的。至於有文學
的本領遠到的識見的通信員，不知是什麼緣故在中國還
這樣的稀少。我們在上海英日各報上常見的《西藏漫游
記》、《閩江流域旅行錄》之類那樣趣味濃厚的長篇通
信，在上海各報上無論如何是找不到的，因為在中國這
類的通信員還有待於培養哩。

在五年以前上海各報對于本埠新聞是不很重視的，
這幾年來，卻大家非常地注重了，這是很可喜的現象。
現在各報專用的外勤記者多者達十餘人，至少亦聘用
一、二人，近年的本埠新聞較之數年以前顯然是有了進
步了，不過我想這些外勤記者，雖然不無優秀的分子，
但就一般而論，卻還須經過相當的訓練。他們自以為能
幹的不過跑跑官廳，見見要人，刺探些浮面的消息就算
了。其次則約定幾個機關團體，每天去抄文件和議事錄
之類。至於能夠以勇敢的精神到社會的中間去扼住事實
的核心，以生動的文筆記述有興味的社會新聞的模範的
新聞記者，在我卻覺得太少了。

供給本埠新聞的材料的，還有一種普通訪員，是各
報所公用的。這些訪員大都資格很老，具有煙癖，報界
中人因此也稱之為「老槍訪員」。他們大都文理不甚亨
通，他們的新聞是在茶會上從包探的口裡聽來的。他們
記述新聞，非常的拙劣呆板，也可說是有一種公式，譬
如記述一件盜案，不管這盜案有怎樣的特點和變化，總

是千篇一律，採用下方面這樣的公式：

　　「住○○界○○路○○○門牌○○○家，於昨日○午○點時，突來盜匪○人，○盜在門外把風，○盜擁入，袖出手槍，嚇禁聲張，劫去○○○件，臨行時開放手槍一聲示威，迨探捕等聞警趕來兜拿，匪已遠颺無蹤。」

　　其他如記載火災訟案會議之類也有相似的公式，只要照此公式填注就可以使各報館採登了。他們從各報所得的酬資，每家自四、五十餘元不等。但是這並不是他們唯一的收入。他們除受領各機關每日相當的津貼之外，還利用人類的羞恥心，以停送於有些人不利或不名譽的稿件為條件接受秘密的賄賂，他們各有各的勢力範圍，界限嚴明，不許侵越，所以有些訪員，燒的大烟，坐的包車，生活上總比主筆還豐裕的多哩。

　　各報採用這些「老槍訪員」的訪稿，也就是使報紙無生氣的一個原因。這一層現在各報似乎漸漸地有些覺悟了。聽說有幾家報館在各區布置了特約的記者預備接替他們的職務。恐怕他們被淘汰的時期不遠了。

　　教育新聞、商業新聞、本埠增刊，這些欄目都是這五年來添設的。最先設商業欄的是《商報》；設教育新聞欄的是《時事新報》。其他各報為競勝起見都相繼的仿效了。本埠增刊只有申新兩報纔有，是專供本埠讀者看的，內容很有可觀，這也可算上海報界近年來改進一點。各報中有星期畫報的只有《時報》一家，《時報》的畫報是戈公振君所編，選材之精，形式之美，恐不亞於國外有名的那些畫報。畫報比新聞更有普遍性，實為

新聞紙內容中重要的部分。世界著名的各報大都附有畫報，而號稱上海新聞界巨擘的新申兩家卻至今還未聽得有附刊畫報的意思。他們兩報都設有規模宏大的製版部，卻一意招攬外間的「銅招牌」以及「賽銀器具」的生意為務，他們似乎也太以本身的營利為重，而以多數的讀報者的福利為輕了。

　　對於上海的新聞界，另外還有許多零星的感想，在這篇短文是不能容納了，且待下次有機會時再來寫一篇罷。

延伸閱讀

1. 談辦報／金雄白
   《古今》，第 20 期（1943.04）。

2. 〈出版文化諸問題〉
   《雜誌》，第 11 卷第 5 期（1943.08），頁 24-38。

3. 編輯與寫作／文載道
   《雜誌》，第 13 卷第 4 期（1944.07），頁 44-50。

4. 「新聞記者」這職業／唐海
   《人世間》，第 6 期（1947.08），頁 52-58。

管制與戰爭

一、〈重要都市新聞檢查辦法〉、〈新聞檢查標準〉，
《中央黨務月刊》，第54期，1933.1，頁1118、
1138-1141。

令各特別市黨部——頒發重要都市新聞檢查辦法及標
準，令飭遵辦。

查過去各地對於新聞檢查，於新聞界能未能盡臻融洽，
施行檢查又不悉合一定標準，處分復多不依出版法之規
定，致寬嚴失中，效能減少。際茲國難方殷，我國軍事
外交種種消息，尤未便任其任意刊布。茲為健全檢查之
組織起見，經本會第五十四次常會通過「重要都市新聞
檢查辦法」及「新聞檢查標準」。除函國民政府轉行各
該機關遵照外，特隨令頒發辦法標準各一份（均見法規
欄），仰即遵照，迅即會同各關係機關進行組織，為
要。此令！

中華民國二十二年一月二十日
中國國民黨中央執行委員會印

新聞檢查標準——二十二年一月十九日第四屆中央執行
委員會第五十四次常務會議通過

一、關於軍事新聞應扣留或刪改者：

　　1. 關於我國高級軍事機關、要塞、堡壘、軍港、
　　　 軍營、倉庫、飛行場港、兵工廠、造船廠、測
　　　 量局及其他國防上建築物之組織及設備情形；

　　2. 關於國軍預定實施之軍事計劃及一切部署；

　　3. 關於國軍之兵力番號與其行動及軍用品之輸送
　　　 起卸地點或籌備情形；

　　4. 關於高級指揮官之行踪及其秘密之軍事談話；

　　5. 關於各級軍事機關有關軍事秘密之會議與紀錄；

　　6. 關於敵我軍情與事實不相符之記載；

　　7. 其他不利於我方之軍事新聞。

二、關於外交新聞之應扣留或刪改者：

　　1. 凡對我國外交有不利影響之消息，尚未證實或
　　　 已證實不確者；

　　2. 凡外交事件正在秘密進行中，其消息或文件尚
　　　 未經外交部正式或非正式公佈者；

　　3. 凡外交談話未經外交部正式或非正式公佈者。

三、關於地方治安新聞之應扣留或刪改者：

　　1. 搖動人心，引起暴動，足以釀成地方人民生命
　　　 財產之重大損失者；

　　2. 故作危言影響金融，足以引起地方人民日常生
　　　 活之極度不安者。

附註：

（一）各新聞檢查所檢查新聞，除以上規定外，得隨

時遵照中央宣傳委員會頒佈應注意之要點。

（二）檢查新聞仍須參照中央通過之宣傳品審查標準
第二項第三項之規定。

（三）各報社刊布新聞須以中央通訊社為標準。

重要都市新聞檢查辦法——二十二年一月十九日第四屆
中央執行委員會第五十四次常務會議通過

一、各重要都市遇有檢查新聞必要時，經中央執行委員
會常務會議核准，得設立新聞檢查所，受中央宣傳
委員會之指導，主持各該地新聞檢查事宜。

二、首都新聞檢查所由中央宣傳委員會、軍事委員會、
內政部、首都警察廳、南京警備司令部、南京市黨
部及市政府派員會同組織之，新聞團體得派代表一
人參加。其他各地新聞檢查所應由當地高級黨部高
級政府（或指派公安機關）及高級軍事機關（或指
派警備機關）會同派員組織之，必要時得由當地新
聞團體派員參加。

三、新聞檢查所設主任一人主持所務，必要時得設副主
任一人襄助之；正副主任由各參加機關就所派人員
中會同推定，呈報中央宣傳委員會備案；設檢查員
若干人，由各參加機關所派人員充任之。如有設置
事務員必要時，得商准各參加機關調充或僱用之。

四、新聞檢查所除僱員得酌給津貼外，所有職員概不給
薪，公雜費由各參加機關分攤之。

五、新聞檢查限於軍事、外交、地方治安及與有關之各
項消息。

六、凡外交及與外交有關之各項消息，由黨務機關所派
　　人員檢查之；凡軍事及與軍事有關之各項消息，由
　　軍事機關（或警備機關）所派人員檢查之；凡地
　　方治安及與治安有關之各項消息，由政府機關（或
　　公安機關）所派人員檢查之。

七、各地新聞檢查所檢查新聞，須依據中央執行委員會
　　常務會議核准之「新聞檢查標準」決定扣發，遇有
　　疑問，得由主任照前項規定隨時請示當地主管機關
　　或中央宣傳委員會決定之。

八、各地新聞檢查所檢查新聞手續，應由各該所於不妨
　　礙新聞機關工作進行之原則上自行訂定，分呈各參
　　加機關備案，並呈報中央宣傳委員會。

九、各地新聞機關如有違犯各該檢查所之各項規定或命
　　令者，應由各該所報告當地政府機關依照出版法處
　　分之。

十、各地新聞檢查所於每月月終除應向參加機關報告
　　工作外，並應填具工作報告表呈報中央央宣傳委員
　　會，工作報告表另定之。

十一、本辦法不適用於戒嚴時期。

十二、本辦法由中央執行委員會核准施行。

二、〈修正新聞檢查標準〉，《中央黨務月刊》，第 63 期，1933.10，頁 1982-1983。

修正新聞檢查標準——二十二年十月五日第四屆中央執行委員會第九十一次常務會議通過

一、關於軍事新聞應扣留或刪改者：

    1. 關於我國高級軍事機關、要塞、堡壘、軍港、軍營、倉庫、飛行場港、兵工廠、造船廠、測量局及其他國防上建築物之組織及設備情形。

    2. 關於國軍預定實施之軍事計劃及一切部署。

    3. 關於國軍之兵力、番號、與其行動、駐紮、及軍用品之輸送起卸地點或籌備情形。

    4. 關於高級指揮官之行踪及其秘密之軍事談話。

    5. 關於各級軍事機關有關軍事秘密之會議與紀錄。

    6. 關於敵、我、軍情與事實不相符之記載。

    7. 關於新式武器及軍事工業之發明。

    8. 其他不利於我方之軍事新聞。

二、關於外交新聞之應扣留或刪改者：

    1. 凡對我國外交有不利影響之消息，尚未證實或已證實不確者。

    2. 凡外交事件正在秘密進行中，其消息或文件尚未經外交部正式或非正式公佈者。

    3. 凡外交談話未經外交部正式或非正式公佈者。

三、關於地方治安新聞之應扣留或刪改者：

    1. 搖動人心，引起暴動，足以釀成地方人民生命財產之重大損失者。

2. 故作危言，影響金融，足以引起地方人民日常
　　生活之極度不安者。

3. 對於中央負責領袖加以無事實根據之惡意新聞
　　及侮辱，以損害政府信用者。

附註：

（一）各新聞檢查所檢查新聞，除遵照以上規定外，
　　　並需依照出版法及宣傳品審查標準第二項第三
　　　項之規定。

（二）各新聞檢查所檢查新聞，仍須隨時遵照中央宣
　　　傳委員會頒佈注意之要點。

（三）各報社刊布新聞，須以中央通訊社為標準。

中央執行委員會令——令滬、京、漢、平、津五黨部
查新聞檢查標準前經本會第五十四次常會通過頒行。茲
以各地新聞言論仍極龐雜，其應行糾正各點，殊有加以
補充規定之必要。爰經本會第九十一次常會將該新聞檢
查標準加以修正。除分行外，特隨令頒發一份，俾即遵
照辦理，為要。此令！

三、「上海市新聞檢查所致新聞報館函」，1933. 3/1，〈新聞報館關於紙張調度、稿費匯款事業開支函、上海市新聞檢查所組織性質〉，《申報新聞報檔案》，上海市檔案館藏，檔號：Q430-1-203。

（原文無新式標點，為編者所加）

逕密啟者：

本所奉上海市政府、上海特別市黨部、淞滬警備司令部命令組織成立，克成奉派為本所主任，百川、宗鵬奉派為本所副主任，業於本日起受任視事，辦公地點設在南京路大陸商場三樓三〇六號（電話九二〇〇四）。茲定自本月六日上午九時起開始檢查工作，自該日起貴報所有新聞及廣告，在為發拼大樣之前，請隨時將排就小樣二份，送交本所檢查。本所必當於儘速時間內，遵照中央宣傳委員會頒發「新聞檢查標準」，隨時檢畢送還。送還之時請注意所蓋紅戳：

（一）如蓋有「檢訖」字樣，係表明該稿已經檢查，可以照登。

（二）如蓋有「免登」字樣，係表明該稿不宜登載，請即將其版子撤去勿用。

（三）如蓋有「緩登」字樣，係表明此稿暫時不宜登載，請即將版子暫時擱置勿用。

（四）如蓋有「刪除」字樣，係表明稿中有紅筆勾出之一段不宜登載，請即將該段之鉛字抽去後重新發排。

此係檢查之手續。惟本所組織伊始，辦事上容有未週之

處，仍有賴於新聞界諸公予以協助，時賜指示，避免隕
越。所有本所奉命組織開始工作及檢查手續各情形，並
檢同檢查標準備函奉達，即希
查照辦理為荷。此致
新聞報館
附檢查標準一份

　　　　　　　　上海市新聞檢查所主任陳克成
　　　　　　　　副主任陶百川、潘宗鵬
　　　　　　　　中華民國二十二年三月一日

（編者按：附件為二十二年一月十九日第四屆中央執行
委員會第五十四次常務會議通過之「新聞檢查標準」，
見本章第一條史料，此處不再重複）

四、追悼史量才先生追悼會籌備處編印，〈史先生遇難始末記〉，《追悼史量才先生》，1934.12，上海圖書館藏。

申報總經理史量才先生，於十月六日赴杭休養，寓西湖自建之秋水山莊別墅，時逾一月，於十一月十三日下午二時許，自杭乘自備汽車，循滬杭公路返滬，同車者有史夫人與公子詠賡君，公子之學友鄧祖詢君（年二十三歲，杭州之江學院二年級生），及史先生之內姪女周女士，連車夫黃錦才，共計六人。三時零五分，車經海甯與杭縣交界處之翁家埠大閘口，遙見有一京字七十二號一九二九年式別克汽車一輛停於路旁，車旁復站有黑衣男子六、七人，態度殊為可疑。迨相距一丈餘時，忽聞吹哨一聲，於是在車旁之六、七暴徒，均以手槍及盒子砲，向史先生之汽車迎面射擊，車夫黃錦才突見禍作，急俯身避彈，腳踏煞車，車劃然止，適止於暴徒站立處。時子彈紛飛，車夫已首先中彈，鄧君隨亦著彈。史先生知事不妙，即挾夫人公子等，自車廂逃出，夫人蹐地而傷，內姪女亦傷，其公子詠賡君反身向杭州方面沿公路拔步飛奔，三匪在後追趕，開槍數十發，幸均未命中。史先生則向鄉間奔避，二匪從後緊追。行半里許，史先生逃入一沈姓農家，一匪追踵入內，另一匪則先繞至後門守候，及史先生衝出後門，遂被該匪在足部先擊一槍。時史先生猶忍痛行數步，至一乾涸之小塘旁，痛極倒地，二匪即向其頭部連開二槍。一由口入腦，一由左耳穿入，遂遇害。至其內姪女則在腿際中一

槍，倒臥道旁，迨匪乘車去後，始呼救。鄉人聞聲往
救，乃將彼與史夫人扶至農家休息。詠賡君則於恐怖萬
狀中奔至翁家埠站呼救，旋由站雇車至筧橋飛機場，見
航空學校教官，告知詳情，教官即電各方通知，同時並
派武裝衛士十餘名，偕同詠賡君至出事地點救護。時公
安局警士已先在，始知史先生、鄧祖詢君及汽車夫黃錦
才均已遇難，遂由航空學校救護車將受傷之史夫人及其
內姪女載杭，詠賡君亦隨行。史先生等之遺體經過法醫
檢驗手續後，直至十四日晨四時許，始運返杭垣。

　　申報館同人於十三日晚得報後，即召集該館重要職
員，在史宅與家屬會商善後辦法，於當晚八時半即偕該
館職員數人乘汽車赴杭。出發前並囑萬國殯儀館派外人
一名，運屍車一輛，趕赴杭州，以便將遺體移運回滬。
抵杭後，由外人將史先生遺體洗滌一過，並打防腐針一
針，然後連同鄧祖詢黃錦才之屍體，於十四日晨八時啟
程來滬，下午一時半抵達膠州路萬國殯儀館，當由該館
技師施行化裝後，於下午五時許仍由原車將史先生遺體
運往哈同路史宅。

　　遺體安置既畢，即由外人將覆面之紅緞揭去，其遺
容因經技師用手術化裝，雖呈慘白之色，但尚微帶笑
容。此時，合家男女老少，均撫屍痛哭，各方舊好暨申
報館全體同人，莫不下淚。是日，中外來賓前往史宅吊
唁者亦復不少。

　　十六日下午二時，舉行大殮，市府所屬各機關，一
律下半旗誌哀，史宅附近，軍警戒備森嚴，各界往吊者
達二千餘人，大殮完成後，靈柩仍暫停私邸原處，再行

定期開吊，籌商安葬。

　　此事發生，舉國震悼，咸認史先生之慘遭不幸，非獨為輿論界之一鉅大創傷，實亦社會上之一重大損失！噩耗驚傳，各方慰唁電函，紛如雪片飛來，本埠外埠各團體以及申報館同人先後開會追悼，以誌哀悼。浙省府為史先生遇難慘案，特懸賞緝兇，曾限令十日內獲犯，雖至本文校述時，尚未緝獲，但此次暴徒膽敢於滬杭國道，白晝逞兇，行兇後，又復從容遁逸，已惹起中外各方之注意，將來總當有水落石出之一日也。

五、「新聞報常務董事會議紀錄」，1937.9/4，〈新聞報館 1930-1949 年股東常委會議紀錄及董事會決議〉，《申報新聞報檔案》，上海市檔案館藏，檔號：Q430-1-261。

（原文無新式標點，為編者所加）

民國二十六年九月四日常務董事會議

地　　點：上海漢口路本公司

時　　間：下午四時

到會董事：吳蘊齋、何聯第

一、總經理提議：自滬戰發生後，水陸交通阻塞，外埠報紙無法寄遞，銷數銳減，兼以出報張數平均僅占戰前五分之一，因而用紙數量相等減少，以前訂購之遠期捲紙及分卸於上海以外之各大埠捲紙，應為何分別處理案。

議決：查此次戰事，決非短期內可以結束，本館用紙數目，最近自無大量增加之可能。為免除意外危險及加強周轉效率，決本以下三原則妥為辦理：

（甲）所有存儲浦東洋棧之捲紙，設法移置安全地帶。

（乙）已定未製之捲紙，盡量解約。

（丙）分卸於上海以外各埠之捲紙，及早轉售或運滬以輕擔負。

六、「新聞報常務董事會議紀錄」，1938.8/26，〈新聞報館關於紙張調度、稿費匯款事業開支函、上海市新聞檢查所組織性質〉，《申報新聞報檔案》，上海市檔案館藏，檔號：Q430-1-203。

（原文無新式標點，為編者所加）

民國二十七年八月二十六日常務董事會議

地　　點：上海漢口路本公司

時　　間：下午二時

到會董事：吳蘊齋、錢新之（蘊代）、何聯第

一、董事長報告：美商太平洋出版公司現擬承租本公司全部館屋、基地、商標及一切生財裝修，定期五年，自二十七年八月三十一日下午六時起租。租金計館屋、基地每月國幣四千五百元，生財裝修、機器每月國幣八千五百元，商標每年國幣貳拾萬元。租賃合同現已擬來，應請公決案。

議決：原合同通過，推常務董事何聯第先生簽訂契約。

吳蘊齋

七、〈新聞報第 3 次股東臨時會議紀錄〉，1943.7/3，〈新聞報館關於紙張調度、稿費匯款事業開支函、上海市新聞檢查所組織性質〉，《申報新聞報檔案》，上海市檔案館藏，檔號：Q430-1-203。

（原文無新式標點，為編者所加）

新聞報館股份有限公司第三次股東臨時會

時間：民國三十二年七月三日下午三時

地點：上海江西路金城銀行七樓

出席股東代表股權數，另詳簽到簿

一、由董事長主持

二、主席報告出席股東人數代表股份總數，宣布開會。

三、主席報告：本公司民國三十年度及三十一年度決算，由立信會計師事務所審核證明無誤，證明書另附。三十年度盈餘計三十三萬六千〇七十七元三角一分，三十一年度盈餘計一百三十四萬二千五百七十九元八角九分，兩年度盈餘，悉照民國二十九年四月二十日股東常會決議臨時辦法分配。又民國三十一年度盈餘中，曾由董事會決議提出十萬元，酬勞公司得力人員，應請追認。

眾無異議追認。

四、主席報告：本公司因環境關係，已有兩年未經召開股東會，此二年中之情形，諒為各股東所繫念，茲將過去及現在概況，並今日召開臨時會之要旨，約略向各股東報告之。本館自十五年前美人福開森

君將其股份出讓後，即由國人經營，純屬華商性質。二十六年八一三事變起後，為適應當時環境，出租與美商太平洋出版公司經營，本館則退居業主地位，與太平洋出版公司形成租借關係。三十二年（編者按：原文誤，應為三十年）十二月八日太平洋戰事發生，因美商名義被封，至十五日得日陸軍當局諒解，令本過去商業立場復刊，初由王君松濤代理該公司總經理，旋王君因病請假，由敝人兼代。三十一年十一月二十五日海軍報道部復因本館過去使用美商名義，有敵產嫌疑，重遭封閉，經多方接洽，再行復刊，惟敵產嫌疑迄未解除，並有派員接辦之表示。本報堅持固有立場，力向各方奔走疏解，然以各種情勢，非加強人力改善機構，仍不足以適應環境。為維護本報五十餘年超然性之歷史起見，似應加推工商金融界人士參加，共渡難關。故召集臨時股東大會，報告一切，究應如何辦理，請公決。

議決：選舉董事七人、監察二人

五、主席提原任董監任期，業已屆滿，應請各股東一併改選。

馬股東蔭良提議，原任董監仍請蟬聯，不足名額為簡捷計，請用推選方式。

眾無異議通過。

　　主席報告：原任董事五人，吳蘊齋君、何聯第君、錢新之君、秦潤卿君、朱子衡君，原任監察二人，徐大丞君、葉琢堂君。其中錢董事新之業已辭職，葉監察琢

堂現已去世，何董事聯第亦以事繁體弱，擬請辭去董事
職務。本席提議除原任董事三人監察一人外，應加推董
事四人、監察一人。

　　當推選周作民、吳宸修、郭順、葉扶宵四君為董
事，何聯第君為監察人。

六、茶點散會

主席　吳蘊齋

八、「關於各報社應付空襲之疏散防護方策小組討論會紀錄」，1945.2/21，〈汪偽中央通訊社上海分社中國新聞協會上海分會來文〉，《軍管會新聞出版署檔案》，上海市檔案館藏，檔號：Q431-1-252。

關於各報社應付空襲之疏散防護方策小組討論會紀錄

時　　間：三十四年二月廿一日下午六時

地　　點：新聞報社會議室

出席者：陳日平　陸光杰　謝　宏　程仲權　魯　風　翁永清

議定事項

資材疏散問題

　　由各報社各自分別在比較安全區域分設小倉庫，以能容積二個月至三個月用之各項資材（包含紙張、油墨以及各種印刷原料）為標準。

　　上述資材屬於配給者，擬請各配給當局一次配給，暫緩收費。

空襲防護問題

　　由各報社組織空襲防護團，團長一人由社長兼任，副團長一人或二人，由社長指定，主持空襲時一切生命資材之警防與救護事宜。

　　正副團長下分設下列各組，每組設組長一人、團員若干人，由團長指定。

（1）防衛組：警衛消防

（2）救護組：急救醫藥

（3）交通組：通訊、聯絡、運輸

防空團團員，由報社另給津貼，防空時不得缺席，即使不在社內，亦應儘可能趕回服務。

各部門有必要保存之文件、稿件以及會計方面之帳冊、簿據，必須保管者應事前派定專人負責攜出，攜交交通組，運輸比較安全地區儲藏。

警戒警報發出後，防護團團員應立即集合，向各該組長報到，非防護團團員亦應各自準備。

空襲警報發出後，防護團團員應即分別執行職務，非團員應即各自攜帶應保管之文件帳冊，向指定之防空安全地區隱蔽。

準備第二印刷工場問題

組織準備聯合印刷工場一處或二處，以備必要時之用。

準備工場之地點，擬借康腦脫路新聞報倉庫。

準備工場之機器，擬借平報之小捲筒機，並添置木柴或植物油小引擎一具。

準備工場之鉛字、字架、紙型、鑄版等設備，擬利用各報社剩餘資材，以能排印一張四開報為原則。

關於木柴引擎及其他設備費用，擬由各報社分別負擔。

準備工場經常派管理員數人，負責保管各種資材，其開支由各報社共同負擔。

準備工場應準備適用於該項機器之紙張、油墨以及一切印刷原料一月至二月，該項原料亦盼配給當局預先配給暫緩收費。

準備工場應準備必要之食糧若干，以備必要時之用。

如某一會員報遭遇空襲損害時，其他會員報均應設法協助，並代辦印刷發行等事務。如會員報多數遭害，其他會員報亦無力代印時，於是借用準備工場。

準備工場之設備，力求一般化與簡單化。

推定專人辦理籌備事宜，限一月內布置完成。

上項小組會議結束後，曾與大陸新報尾坂先生研討，據謂報道當局，對此事均極關心，願予協助，當與尾坂先生共同商定補充各項如下：

空襲嚴重時，報紙廣告發行均有影響，報紙之發行已由半商業性質變為服務性質，當時各報社經濟必定無法維持，尤其糧食問題更甚困難，因之希望當局協助預儲若干食糧于安全區域，以為必要時全體報人無斷糧之虞。

九、申報總經理室編製，〈申報股東會總報告書〉，1946.5，〈1946 年偽申報董事會、股東大會記錄及選舉常董情況〉，《申報新聞報檔案》，上海市檔案館藏，檔號：Q430-1-163。

　　本報復刊，茲已五閱月有餘。最初接管整理，以時日迫促，困難縈多。扼要言之，約有數端：

（一）內部人員整飭，器材配備，倉卒就事，即告復刊。

（二）滬上各報林立，讀者分散，欲奪回原有銷路，非一蹴可幾。

（三）本外埠（包括海外）發行網與通訊網之重新布置，皆屬刻不容緩。

（四）一般經濟情勢不安，影響整個事業計劃。

（五）物價幅度放寬，流動資金太少，一時運用，周轉欠靈。

　　凡此五項，均犖犖大者，其餘工潮起伏，人事紛更，棘手事端，不一而足。然經五個月來之不斷推進，營業編輯兼籌並顧之結果，截至四月底止，各項困離殆已次第克服，雖未許遽言穩定，設今後社會客觀環境能日趨正常，則本報之業務亦不難納入正軌而向新中國之新聞企業大道邁進焉。

　　本報告書茲分營業、編輯、會計，人事四部分檢討，最後繫以展望，藉當結論。

一 營業部份

營業部分，向分發行廣告兩項，但在此時期，對於為構成報紙必要用具之紙張來源，殊值重觀，特附帶報告之。（關於各表數字均依截至本年四月底止之實計數字編成。）

（甲）發行方面

本報係於上年十一月二十二日復刊，當時日出一大張。第一日發行五萬三千份，不料以後日趨下游，旬日之內，步跌至三萬份左右，形勢異常險惡。乃一面積極布置全國通訊網，一面確立發行上之推廣計劃，雙管齊下，跌勢乃止；但距離預定目標尚遠，不易急遽收效。當時滬上各報銷路最大者一家，本外埠日銷九萬份；八萬以下七萬以下者亦各一家，其餘則除新聞報及本報二家外，罕有超出二萬以上者。至十二月下旬，國內外重要地區之新聞網及發行網均次第完成，編輯內容，日有改進，乃決計增加篇幅，以爭取讀者。十二月二十六日起，即日出一張半，如此而後，銷數激增，至農曆年終，已超出日銷七萬份之數。至本年三月上旬，凡廣告過多之日，日出二大張，不使新聞量被擠減少，廣告少時，則仍出一張半以為常，銷數亦漸漲。殆四月二十日，確定為經常日出二大張，銷數漲近拾萬份，五個月中，已增加三倍，雖經兩度加價，未受若何影響。至於發行售價之增加，自復刊至今已有兩次，每次均係因調整工資後為彌補開支而加價者，各報均然。其日期及加價數額如次：

復刊時定價	每份三十元
二月十六日加價	每份四十元
三月五日加價	每份一百元

以上發行價格，均依六・六折實收。

關於發行方面，尚有三項特色可得而言：

（一）本埠直接定戶，皆為固定之永久性讀者，隨一
　　　般銷數之增加而遞增，現下已有一萬三千戶，
　　　皆自雇報差，分區設站，每晨用運報大卡車運
　　　站卸落，分頭專送，讀者稱便。

（二）本報之外埠銷路，以歷史悠久之故，向佔優
　　　勢，茲外埠地區經整理恢復發行機構者，計
　　　已有分館二十四所，直轄分館兩所，分銷處
　　　四百三十三所，仍在陸續拓展中。

（三）航空縮本影印版之創刊。查邊遠之處本報銷數向
　　　較他報為多，尤以直接定戶之普遍，「無遠勿
　　　界」四字，足以當之無愧。

但自本年三月二十六日郵局拒收航報，四月三日起
祇准每大寄七十公斤，各地詰問函電紛至，苦難應付，
爰籌出影印版以補其窮，經多方設計，始於五月一日問
世。但以成本過鉅，新戶暫時不收。按此項影印縮本為
遠東刱舉，精美清晰，不下原本，而體積僅及原張七分
之三，既便携帶，又易保存，故連日迭接各方讀者函電
要求訂閱，當將限額酌加寬放，使暫不超出萬份之數。

（乙）廣告方面

廣告業務，一方隨社會秩序之恢復，一方隨報紙發
行之進展，亦有顯著之起色，雖迭經加價，不惟總收入

絕未受其影響，且轉見增益。當復刊之初，每日僅能收入五、六十萬元者，至本四月底已遞增至十二倍弱，即每日可收約六、七百萬元。至於加價原因，亦與發行加價情形相同，均為開支增大後不得不調整刊價以資挹注耳。茲將復刊以來之廣告收入列表如次：

月次	每月總數	每日平均數
十一月	5,052,783.22	561,420.39
十二月	32,334,931.65	1,043,062.31
一月	44,602,032.50	1,438,775.24
二月	53,080,542.00	1,895,733.65
三月	133,645,922.00	4,311,158.77
四月	201,300,578.50	6,710,019.28

十一月份計共出報九天

　　至於調整刊價，自去年十一月二十二日復刊至今，計已加價三次，茲將各項加價日期及收入比率錄出如下：復刊時定價，長行每行六百元；十二月十二日加價，長行每行一千元，約加百分之七十，收入約增百分之一百；二月十一日加標，長行每行一千四百元，約加百分之四十，收入約增百分之三十；三月五日加價，長行每行三千元，約加百分之一百十五，收入約增百分之一百四十。

　　查前二次加價後，廣告面積較加價前無大出入。惟第三次加價，因不與新聞報取同一步驟，定價略低，面積乃增加較多，此亦為有助於增益收入之一端。

二　編輯部分

　　編輯為構成報紙之主要技術，其工作進退，與營業

消長息息相關，每成正比例，是以欲求營業之進步，必先自謀編輯部之健全始。本報復刊之初，對於編輯部之一切佈置，特三復致意重為規畫者，亦以此故。

　　本報傳統性之重點，數十年來以致力於文化教育方面者為多，故讀者之水準較高。自接管以來，即確立整個編輯方針，扼要述之，約有數端：

（一）以民營報紙立場，為國家盡宣傳職責，紀事報道，悉秉此旨。

（二）盡量刊載本報專電，報道獨有消息。

（三）版面求其生動活潑，標題求其把握重心，而新聞內容與編輯方法，尤信守持客觀態度。

（四）發展通訊版，披露輕鬆有趣味之國內外通訊。

（五）盡量採用有新聞價值之圖片，增加讀者興會。

（六）配合營業需要，編輯各種特刊。除原有之「自由談」、「春秋」外，另增「生產建設」、「婦女家庭」、「出版界」多種。尚有「新醫與新藥」、「科學與發明」等版，正在籌劃中，不久即可增刊。

　　關於編輯部之組織，除總編輯由總經理兼攝以統一事權策應全局外，另置副總編輯三人，分司總務、考核、版面等事，各專其職。其下分設國內、國際、本埠、通訊、教育、商業、副刊等版主編，並有採訪室、編譯室、資料室、電台及校對等，分任工作。

　　關於國內外通訊網之佈置，曾費最大之努力，現在通都大邑，均已佈置妥當，計：

（一）大都會設置特派員者，有北平、南京、重慶、

昆明、廣州、香港、臺灣、漢口、濟南、杭
州、長沙、長春、瀋陽等處。

（二）次要城市設特約記者，有青島、蚌埠、蘭州、
蕪湖、合肥、鎮江、桂林、鄭州、開封、南
昌、西安、箇舊等處。

（三）蘇浙皖三省鄰近地區各設通訊記者及訪員，分
布於松江、青浦、嘉興、金山、平湖、寧波、
鎮海、紹興、蕭山、定海、溫嶺、崑山、蘇
州、常熟、無錫、常州、江陰、宜興、泰興、
溧陽、句容、金壇、南通、靖江、海州、安
慶、當塗、蕪湖、明光等處。

（四）此外在英美法日等國首都，亦各置特約記者
一、二人不等，現已有華盛頓、紐約、倫敦、
巴黎、東京五處。其他歐亞著名都市，尚在繼
續物色人選中。

　　關於國外通訊人員，本可派遣特派員，惟因過去申
請外匯限制綦嚴，故只能就已在海外之熟識中聘致之。
現幸官價外匯與黑市外匯甚接近，故此後派遣記者出國
請匯問題，或可不致如已往之難。

三　人事部分

　　本報自三十一年十二月起，為敵偽所劫持，至
三十四年八月十日敵人降服方脫羈絆，前後凡歷二年九
個月之久。當去年十一月奉命復刊以前，凡陳逆彬龢時
代甘為爪牙之輩，已作鳥獸散；其餘原有員工散合，約
可分為三類說明之：（一）不與陳逆同流而自動離去

者；（二）被陳逆開除而離去者；（三）雖未離去但尚無顯著附逆情形者。就中第三類固尚留館未去，復刊後之本報對此，除斟酌其工作情形姑予留用外，其第一、二類人員，或已改業，或已退職，至不齊一。但凡過去資歷足稱勞績可徵而確無附逆情節者，此次復刊，仍酌予位置，或給予設計委員名義（現共有六人）不使過勞，此外則一律量材去取。是以復刊當時之員工，百分之九十以上為舊有人員，其來自後方者不足十分之一，悉為高級職員。現在全館員工共三五五名，比復刊初時之二一七名，雖已增加百分之六十一強，然較戰前之四九四名（雖其時出紙量倍蓰於今日），似尚不能謂過多。且此三五五名之中，有來自招考之練習生二十三名在內，皆尚在施訓練期間，一時猶未能分擔正式職務。查此項練習員生之招取，一方因現有員工平均年齡太高，而報館負擔亦重，一方則欲遴選優秀青年，為事業儲才而舉行。凡錄取者悉經過嚴格的考試，亦有由新聞專科學校保送者，此在銀行業中已有先例，必其品學兼優者方錄取，期得真才。

茲將本報戰前員工數額及目前人數列表比較如下：

部別	戰前員工數	復刊時員工數	現有員工數			附註
			職工	練習員生	合計	
營業部	85	62	67	11	78	
編輯部	68	35	48	2	50	
印刷部	236	74	150	8	158	包括排字澆字紙型澆版機器零件等組
其他	12	18	19	2	21	包括主筆室秘書室稽核室高級職員
工役	93	28	48	0	48	包括勤務司機腳車信差等
共計	494	217	332	23	355	

　　至於員工待遇，亦為人事管理上之一大問題。查自勝利復員後五個月中，物價波動甚鉅，薪給生活者極度不安，整個社會亦為之騷勤。申新二報員工，待遇向較他報為優，顧亦不能相安，在去年年底，已曾加給薪資每人九千元。詎至本年二月中旬，因物價狂漲結果，報界工潮又起，雖經當局調解，仍不免有二月十九日一部分報紙不能送出之事。旋經社會局市政府等二度調解仲裁，始於三月四日解決。其辦法為每一工人以戰前底薪五十元（等於復刊時之三萬元）計，取當月生活指數乘之為標準。此項調解之結果，以本報言，一月份職工薪津總支出為一九〇二二〇八九元，二月份即增為五二〇七六三九一元，計增百分之二七四。以他報言，則若干資力薄弱者咸不勝負擔，至今已有多家停業。（按：三月份員工薪津支出更鉅，蓋二月份指數為一八四五倍，而三月份為二七五四倍也）。

四　結論

綜上所述，準諸本報過去之成就，回顧已往，檢討目前之業務，展望前途，既感無限之興奮，尤懼責任之重大。蓋十年前之本報，最高發行額曾達每日十五萬份（民國二十四年三月份），頁數最多時日出十一大張（同年度每逢星期六星期日皆如此），而廣告與新聞之比率尚高出目前，可知目前營業情形，固不逮戰前遠甚。如更以我國廣土眾民相衡量，並曠觀先進各國第一流報紙之日銷額動以數百萬份為常事者相比擬，益覺我人之事業為渺小而瞠乎其後矣。凡此諸點，自有待於同人之不絕向上，努力進取，發揚光大，以拓展領圍，斯不特本報之幸，中國新聞事業與文化事業，亦同此利賴也。

肆 小報

一、包天笑，〈記上海晶報〉，《釧影樓回憶錄》（中），龍文出版社，1990 年，頁 531-540。

上海自有大報以來，即有小報，小報起於何時，有人記載說是在 1897 年，從李伯元（那是寫《官場現形記》別署南亭亭長的）在上海創辦《遊戲報》開始的。以我所知，似乎那些小報的發行時期還要早一些，《遊戲報》也不是上海第一種小報，好像先有什麼《消閑報》等等。總之《遊戲報》是最著名，以後續出的便有《繁華報》、《笑林報》種種名目的小報出現，此刻也已記不清楚了。

小報的內容如何呢？當然以趣味為中心，第一是不談政治，所謂國家大事，概不與聞。所載的不過是街談巷議，軼事秘聞，也沒有好材料。執筆者都是當時所謂洋場才子，還弄點什麼詩詞歌賦、遊戲文，也有一般人愛觀的。到後來日趨下流，專寫這些花界、伶界的事。

甚而至於向那些娼家去示威，亂敲竹槓。譬如說：上海的高等妓院，吃酒叫局，都是三節算帳。他們倘然與哪家妓院有隙，便在報上放一謠言，說是下節某妓嫁人了。那些嫖客本為屬意於某妓而來捧場的，至此便「漂帳」了（「漂帳」即賴債，妓家術語）。又如對於伶界，他們也有劇評（那時各大報沒有劇評的），北京來了一個名角，他們便闖進看白戲。以前上海的戲館，還沒有買票制度，你不讓他進去，他明天寫一個劇評，便把你醜罵一頓。戲館老闆雖痛恨它，可沒有辦法。所以這些小報，已弄得人人憎厭了。

那時的小報界中，似以李伯元的《遊戲報》銷數較佳，因為他在上海交遊頗廣，而尤以他所寫的那部《官場現形記》，附載報上。其時正當清末，人民正痛恨那些官場的貪污暴虐，這一種譴責小說，也正風行一時。李伯元筆下恣肆，頗能偵得許多官僚醜史。其實他自己也是一個佐雜班子，我當時也認識他，在張園時常晤見。所謂張園者，又名「味純園」，園主人張叔和（名鴻祿，常州人，廣東候補道，曾辦招商局，虧空公款，被參革職，以其宦囊，在上海造了那座張園）與李伯元為同鄉，所以我知《官場現形記》中的故事，有大半出自張叔和口中呢。

小報與大報不同之點，不但在於內容，而亦在於外形。即如說：它的紙張，大小最有分別，小報只有大報紙張之半；大報每份都有數張，小報則每份僅有一張。再說：大報都是靠廣告，廣告越多，紙張越加多。小報則靠發行，往往僅有半張的紙，卻能與大報數張的紙的

價目，並駕齊驅。這便是短兵相接的，也有它的足以勝人之處了。

再次談及報紙上的副刊。記得北京某一家報紙出版副刊，劉半農寫了一個發刊詞，開首便說：「報紙為什麼要有副刊？這個問題誰也回答不出，但有報必有副刊……」但我敢說副刊是一種自然趨勢，而且還受著小報的遺傳性。因為未有副刊之前，先有小報。最初的報紙，並沒有什麼副刊，可是我見到那些最早出版的報紙，在新聞之後，便有什麼詩詞雜文之類，不過當時是不分欄的，那便有了副刊的萌芽了。到後來可以說把小報的材料吸收了，取其精華，遺其糟粕，於是遂有《申報》的「自由談」，《新聞報》的「快活林」，《時報》的「餘興」與「小時報」。那時候，副刊便成為大報裡的小報了。

至在這個時候，舊時的小報，已成腐化無人問津了，而忽然崛起了一張《晶報》，這是在小報界裡第一次革命。

《晶報》本是《神州日報》的附刊，「神州」始由于右任等所創辦，一再易主，而入於皖籍人士之手，最後始歸於余大雄。余亦皖人也，籍隸徽州，胡適之所自嘲的徽駱駝者（按，有一種蟲，名「灰駱駝」，似蛛蜘而背高，作灰黑色，以「徽」、「灰」同音，蘇人以之嘲徽州人者）。但他為人勤敏，當接收《神州日報》的時候，報紙每日的銷數，不及一千份，百計思量，總是難於起色。於是他在《神州日報》出了一張附刊（附刊非副刊也，又稱之曰「附張」），喚作《晶報》。

　　為什麼喚作《晶報》呢？因為它是三日刊，每隔三日，方出一紙，以三個「日」字湊成一個「晶」字，所以謂之《晶報》，而且也帶有光明精澈的意思。誰知讀者雖不喜《神州日報》而卻喜《晶報》，每逢附有《晶報》的日子，銷數便大增，沒有《晶報》的日子，銷數便大減。因此余大雄便對於《晶報》十分努力，對於「神州」，則日趨冷淡。《晶報》朝氣充沛，蒸蒸日上，「神州」卻近乎冬眠狀態了。

　　但那個時候《晶報》不能獨立，必附屬於「神州」，因它有宗主權也。「神州」的編輯是吳瑞書，常熟人。說來好笑，編新聞，寫論說，孤家寡人，全編輯部只有他一人包辦，真似廣東人所說的「一腳踢」。好在只出一大張，大約一小時便可以齊稿上版，「神州」真是神速之至。至於《晶報》，要三日方出那麼小小一紙，余大雄於此三日內勾心鬥角，取精用宏，與「神州」相較，緩急之不同，真不可同日而語。

　　那時有位張丹斧先生（又號丹父）借住在神州報館，余大雄便請他為《晶報》編輯主任。張是一位揚州名士，好寫奇僻的文章。本來揚州文藝界，從前有揚州八怪的名人逸事，而這位張丹翁也有些怪癖。他雖名為編輯主任，並不與聞《晶報》編輯事，只偶然寫一則怪文，作一首怪詩而已。一切徵集新聞，處理文字，都是余大雄親手經營，要三日方出一紙，也真可謂算得好整以暇了吧。

　　大雄好客多交遊，實在他的好客多交遊，就是為他徵集新聞材料的謀略。他對於《晶報》，發布了有三

綱：一、凡是大報上所不敢登的，《晶報》均可登之；二、凡是大報上所不便登的，《晶報》都能登之；三、凡是大報上所不屑登的，《晶報》亦好登之。這個意思就是說：一不畏強暴，二不徇情面，三不棄細流，這是針對那些大報而發言的。先打擊了大報，以博讀者的歡迎，那是「初生之犢不畏虎」，也是一種戰略。但如果只是這樣空言白話，說說罷了，那就沒有意思，總要給點真材實料，給讀者們看看，方足以取信於人呀。

　　所謂真材實料是什麼呢？便是要徵集大報所不敢登、不便登、不屑登的資料了。余大雄的徵集新聞資料，有兩種方法，一是取自外的，一是取自內的。試為約略言之。

　　那時上海的記者們，以「不事王侯，高尚其志」的態度，也謝絕各方交際應酬，以自示清高，實為可笑之事。當時也沒有外勤記者這一種職業，即使有外勤記者到人家去訪問，人家也絕不歡迎。余大雄就是以他的交游廣，他以友朋的姿態去訪問，人家不能拒絕呀，可是有極新鮮的新聞，就從此中來了。他所訪問的友朋以何種人為最多呢？其中以律師、醫師、其他一般所謂自由職業者，次之則是海上寓公、洋場才子了。這時候，上海的律師，多於過江之鯽，在法政學堂讀三年書，就可以到上海來掛律師牌子了。自然，也有精通法學的名律師，也有只掛了一塊律師招牌而從沒有辦過法律事的。余大雄奔走其間，每每獲得大好的新聞資料；其他如上海的許多名醫，及一般自由職業者那裡，也往往有珍聞出現，所以當時人家呼余大雄為「腳編輯」。

　　這便是取自外的了。再說：《神州日報》那房子，既舊且窄，《晶報》這小小一間編輯室，也就是他的會客室。有時少長咸集，群賢畢至，余大雄的朋友，張丹斧的朋友，朋友帶來的朋友，如樑上之燕，自去自來，談天說地，笑語喧嘩，吃飽了自己的飯，閒管著別人的事，討論辯駁，是白非黑，而他就在此中可以汲取材料了。好在《晶報》要三日一出版，盡多空閒時刻，不似大報的每日出版，匆忙急促。還有文人好事，自古已然，忽然的天外飛鴻，收到一封敘事既曲折，文筆又幽默的報告秘聞，這又都是意外收穫了。諸如此類，可說那新聞取自內的了。

　　總括一句話：《晶報》上的新聞資料，沒有什麼內勤、外勤，也沒有什麼薪資、稿費，這是與大報完全不同的。譬如說：人家偶然報告一件有趣而重要的新聞，怎樣去衡量這個價值而與以酬報呢？人家也不過出於好奇心、發表欲，一時興之所至，見大報所不登而《晶報》所歡迎的，便即寫來了。不過雖然《晶報》所歡迎，也須加以調查，是否翔實，未可貿然登載。所以《晶報》對於什麼稿費這一層，卻是不必談的。

　　就《晶報》所發表的新聞故事偶拾數事而言：當時上海法租界三大亨（黃金榮、張嘯林、杜月笙）勢焰熏天，誰也不敢得罪他們的。但是有一次，黃金榮為了娶一個女伶人露蘭春為妾，與一個上海富商薛某之子爭鬥的事（按，露蘭春是黃金榮所開的「共舞台」戲院的女伶；薛氏子是第一次世界大戰時，以囤積顏料發財的薛寶潤的兒子。薛氏子很吃虧，為黃門徒眾打了一頓，棄

於荒野），他報都不敢登，《晶報》登了。這件事，後來黃金榮的徒弟們，計謀要把余大雄騙到一個地方，依照對付薛寶潤兒子的方法，把他毒打一頓。也有人說：這種瘦怯的文人，吃不起我們「生活」（「生活」，滬語代表毆打的意思），那是要鬧出人命來的，不如請他吃一次「糖油山芋」吧（所謂吃糖油山芋者，雇一個小流氓，用舊報紙包了一包糞，伺於路旁，乘其不備，塞在他的嘴巴上。那就是請他吃屎的惡作劇，上海也有許多人嘗試過了）。但黃老闆門下也有文化人（也有報界中人）出來調和了，勸余大雄，何必要吃那些眼前虧呢。教余大雄登門道歉一番，總算了卻一件事。

至於說大報所不便登、不願登而《晶報》獨登的，那是不可以僂指計。即如張謇與余覺、沈壽的一重因緣，上海各大報，沒有一家肯登的，而《晶報》乃以為奇貨可居，大登特登。又如有一次，胡適之在上海吃花酒，這也無足為異，當他在上海華童公學教書的時候，本來也是放蕩慣的。這一回，他是胡博士了，是中國教育界的名人了，當他從北京來上海，即將出國，似乎要尊嚴一點。偏有那位老同學胡憲生（無錫人），觸之於某妓院，胡適為余大雄所瞥見（他們是同鄉），又以為這是《晶報》好材料，便寫了胡適之冶遊的一篇素描。這也是大報上所不便登而不屑登的。其它也不勝枚舉，而最轟動一時的，便是《聖殿記》一案了。

聖殿記者，當時有一位德國醫生希米脫，到上海來行醫。他不是普通的醫生，卻是施行一種「返老還童術」（上海人如此說法）。來了以後，大事宣傳，說是

怎樣可以恢復你的青春腺，在性事上疲不能興的，他可以一針使你如生龍活虎，永久不衰。在那個時候，上海社會，確可以吃香。在各大報上都登了廣告，而且求名人作義務試驗。據說：試驗打針者有五人，而其中一人乃是康有為。於是上海有兩位德國派的青年醫生（上海當時習醫分兩派，一為英美派，一為德日派）黃勝白與龐京周弄筆了，寫了一篇《聖殿記》，投稿於《晶報》。

　　怎麼叫做《聖殿記》呢？所謂「聖」者，指康有為而言，因康有什麼《孔子改制考》的著作行世，素有康聖人之稱；這個「殿」字呢？原來在古文「殿」與「臀」通，北方人呼臀為「腚」，南方人則呼臀為「屁股」。那就是說這一針是從康聖人的臀部打進去的，文甚幽默，語涉諷刺。康先生大人大物，以為這些小報吃豆腐，不去理它。哪知激怒了這位德國大醫生希米脫，他正想到上海來大展鴻圖，不想被人澆以冷水，大觸霉頭。於是延請了上海著名的外國大律師，向《晶報》起訴，以誹謗罪要《晶報》賠償損失。

　　這個損失《晶報》賠得起嗎？必然是獅子大開口。朋友們都勸余大雄，在這租界上與洋人打官司，總是中國人吃虧，不如向律師疏通道歉了事，希米脫不過藉此示威，要開展他的滑頭醫術，我們報上給他說些好話，為他宣傳宣傳，也過去了。但余大雄很為倔強，他說，我們《晶報》雖小，一向以不畏強暴著稱，許多讀者喜歡看《晶報》也因為此。現在一個外國滑頭醫生，靠著租界勢力，來威脅我一個小報，我決計抗一抗。況且這

篇文字，我們只與南海先生開一次玩笑，對希米脫也沒有什麼誹謗，南海也不計較，他算什麼？以余大雄的倔強，這官司是打成功了。審判的那一天，是英國領事當值，中國方面的會審官是不是關炯之，我已記不得了。結果：宣布被告余大雄，賠償原告希米脫一元。賠償損失一元，這不是可笑的事嗎？這是象徵著原告已勝訴而被告已敗訴嗎？

再說：希米脫所要賠償的是名譽損失，而他的名譽只值一元嗎？所以判決以後，希米脫一路怒吼罵人走出，《晶報》同人則很為高興。據說：賠償極微的損失，在英國法律有此判例，這有勞於研究英倫法學家了，但是在面子說，白人總是勝訴了。未幾，希米脫悄然離滬去了，這一場官司《晶報》卻增長了千餘份報紙。

更有一事可回憶的，當《晶報》興盛的時候，史量才頗想收買它，曾託我向余大雄一探其意。量才的意思，以為有許多社會新聞，《申報》上是不便登的，尚有一個小報如《晶報》者，作為衛星，那是《老申報》與《小晶報》（按，這是上海小報販在各里衖里高喊的，《老申報》要哦？《小晶報》要哦？《小晶報》因此出名）豈非相得益彰嗎？但這個交易，余大雄要他四萬，史量才只肯出一萬，這當然不成。《晶報》何所有，一部《神州日報》遺傳下來的平版老爺車機器，一副斷爛零落的鉛字，《申報》也用不著它，無非是買這《晶報》二字而已。但《晶報》的組織與他報不同，有余大雄的奔走各處，不憚勞煩，採訪新聞，人呼之為腳

編輯的。有各色各種的人，跑到《晶報》館裡來，謔浪笑傲，高談闊論，就於此中有奇妙的新聞出現，而不是你區區出了些稿費，就可以買得到的。所以我向史量才說：「收買《老申報》容易，收買《小晶報》倒是不簡單呢」。

二、成舍我，〈由小型報談到「立報」的創刊〉，《報學雜著》，1955 年 11 月印製，頁 118-143。世新大學舍我紀念館提供

解答若干人士對《立報》三項疑問

　　《立報》創刊於民國二十四年九月，不及兩年，七七戰起，上海淪陷以後，二十七年四月，香港《立報》出版。當淞滬抗戰最緊張時，《立報》發行數字，每日都超過二十萬份，打破我國自有日報以來之最高紀錄。三十年香港淪陷，《立報》在港資產，全部損失。屈指迄今（四十一年），計距《立報》在滬創刊，現已十七年，距在港停刊，也已十一年。時間雖然過去了如此悠久，但這張報紙的言論、編排，尤其她所倡導的「大報小型化」作風，似乎許多讀者還記憶如新，留下了不可磨滅的深刻印象。過去我曾不斷從一些報紙副刊或雜誌中，看到若干作家，對《立報》頻致其珍重的懷念，他們多很惋惜這張報紙精神、型態的消逝。雖然他們提到當時《立報》的一些經過，與事實偶有出入，其所予《立報》溫厚懇摯的同情，卻永遠是非常令人感動的。因此，曾親手創刊這張報紙的我，為了一方面使當時若干情形，不致歷時愈久，去真相愈遠，一方面對中國報紙未來應採途徑，像《立報》這一作法更獲得充分說明起見，所以自願抽出時間，來寫出我對《立報》的一些回憶。

　　為針對過去若干作者對《立報》所抱的疑異，於此我想特加解說的，計有三點：第一、小型報與小報的區別，及小型報在中國的遠景。第二，《立報》是怎樣創辦的，在經濟上，她究竟是賠是賺？第三、香港《立報》，在太平洋戰爭爆發前一月，是否曾作過日本即將突襲英美的警告？當時《立報》既有此預見，何以未及早內遷，而竟讓在港資產，全部損失？

　　關於一二兩點，似乎有好幾位，都曾將「小報」與「小型報」混為一談。說到「大報小型化」的作法，許多人都承認《立報》曾獲得偉大成就。不過也有人嘆息，謂《立報》以發行為本位，在廣告是報紙命源的上海資本社會中，致經濟上終於虧本。因此，他們的結論，是小型報在中國不容易有遠景。至第三點，所謂香港《立報》曾作過「日本偷襲英美的預測」，這件事，我自己本來已幾乎忘記了。前幾個月，偶然在報紙上看到一篇小說，文中追述作者於太平洋戰爭時逃難經過，大意曾這樣說：一九四一年十一月，東條內閣登臺，我那時在香港，看到《立報》有一篇長文，說東條內閣，一定將發動太平洋戰爭，實行南進，我仔細讀過，覺得時機確很危急，我於是先將家眷送走，我一人留在香港，沒有多久，太平洋戰爭，果然爆發，我雖然家眷幸免於難，自己卻飽受了淪陷苦痛，尤其可怪的，即預言日本要發動突擊的《立報》卻並未搬走，一樣的淪陷了。我對於這一位作者信任當時的《立報》，及其對《立報》的同情，不勝感動。在又一戰爭行將到臨的今天，我也願意趁此機會，一併解答。

一、「小型報」與「小報」的區別，及「小型報」在中國的遠景

現在，讓我先行說明「小型報」與「小報」區別，及「小型報」在新聞事業中的展望。我不僅認為小型報在中國新聞事業中，將有無限前途，即就全世界新聞事業的動向看來，也早已顯露了美麗遠景。不過我們必須將兩個名詞弄清楚，即「小型報」和「小報」，意義絕不相同。小型報是 Tabloid，他主要原則是要將一切材料，去其糟粕，存其精華。換一句話說，即小型報乃「大報」的縮影，他每一篇文章每一條新聞，最好都不超過五百字。舉凡一般大報所刊載冗長而又沉悶，特別像我們中國若干要人們又長又臭不知所云的演說，是絕對不容許在小型報內全文照登。小型報重視言論，競爭消息，廣用圖片。總之，除量的方面以外，質的方面，只有比大型報更優勝，更精美，亦即中國所謂「以少許勝多許」。他的工作重心，在「改寫」與「精編」。至於人才的儲備，新聞網的佈置，決沒有任何一點，可以較最進步、最完善的「大報」減色。至於「小報」，通常了解的意義，正即西方所指的「蚊子報」Mosquito Paper，不競爭新聞，不重視言論，它只以亂造無稽謠言，揭發個人陰私，為其首要任務，正如夏夜之蚊，到處嗡嗡，擾人清夢，惹人厭惡。這種報，當然不能與「小型報」相提並論。不幸在中國，絕大多數讀者，卻很容易混為一事。他們在習慣上，往往把改寫精編的「小型報」，也喊作「小報」。舉一個例，甚至當我在上海主持《立報》時，在某一中外記者社交集會中，

我竟被一位「大報」社長用英文介紹，說「這是現在
上海銷行最廣的一家蚊子報主人」，我當然了解這位
社長，並不是有意和我開玩笑，然而「小報」與「小
型報」的界說，不易被人們分辨清楚，同業中尚且如
此，廣大的讀者，自然更難剖晰，由這一事實，就很
夠充分證明了。

四百五十萬份

小型報在現代世界新聞事業中，得到顯著成功的，
業已不少，以倫敦《每日鏡報》Daily Mirror 為例，
他雖然尚不能完全符合我上述小型報的理想標準，但
他的銷路，現在已不僅是英國日報中第一位，而是在
全世界，沒有一家日報，可以和他抗爭。他目前日銷
四百五十萬份，比全世界最享榮譽的大報──《倫敦時
報》（現日銷約二十四萬份），差不多超過二十倍。當
然，我們不能說時報對英國政治方面的影響，也同樣比
鏡報差二十倍。不過，當民主政治日見抬頭的今天，報
紙的大眾化，無論如何，都有他重要性。如果報紙真能
影響讀者政治意見，而一切政治問題，又真靠意見來決
定，那麼，二十多萬時報所謂「上層」人物的讀者，他
們投一票的效力，又如何一定能比四百五十萬平民投票
的效力大？民主政治，人民的投票權，是平等計算的！
因此，像鏡報這樣的小型報紙，其對政治方面的影響，
我們自然也不應輕易低估。

即就「上層」份子來說，精編的小型報，對他們也
不是不被歡迎的。因為今天的工業社會，人們都是全天
生活在緊張中，大家除工作外，很少悠閑時間。像《紐

約時報》，平時每天出版四十面（即十大張），星期日
一百面，這豈是每一政黨巨頭，工商領袖，公務叢脞，
社交廣濶的所謂上層份子，能夠從容欣賞，閱讀完畢？
北巖爵士於一八九六年創辦《每日郵報》Daily Mail，
他就曾以「忙人的報紙」號召讀者。《每日郵報》在形
式上雖是大型，但創刊時，他所宣示的一切作風，卻正
是今日小型報的開端。《每日郵報》及北巖爵士過去在
英國報業的成功，也就等於小型報的成功。小型報兩大
條件，一方面是內容精要，一方面是篇幅縮減，《每日
郵報》，本來這兩條件都已做到，僅篇幅縮減一點，他
只比當時大報如《倫敦時報》等，減少張數，而沒有縮
小面積。但這一「忙人報紙」的號召，不特一般體力勞
動的工人，熱烈歡迎，所謂「上層」份子，也多數感覺
便利。直到面積也已縮小，如《每日鏡報》之真正小
型，在英國市場，爭奪讀者，此過去銷路第一之寶座，
才逐漸由郵報移到鏡報。（按鏡報係北巖於一九〇三年
創辦）

　　英美之所以產生那樣篇幅豐厚的大報（英國自二次
大戰至現在，因受紙荒影響，篇幅已全體縮減。）主要
是因為工商業發達，廣告收入，極為龐大。篇幅的增
減，完全視廣告為轉移，新聞、評論、副刊，都只是廣
告的附庸。在「生意眼」原則下，有時為了版面擁擠，
報館寧可犧牲一條新聞，而不願犧牲一條廣告。上海在
中國，過去本是遠東最大的商埠，所以許多報紙，都以
廣告為本位，一切作法，儘量傚效英美。二次大戰前的
申新兩報，就曾拼命競爭，看誰的張數最多，《新聞

報》有時連本埠增刊，出到八大張，真是煌煌巨製！那時《新聞報》銷路，確也曾壓倒一時，他自己宣稱日銷十五萬份。不過許多讀者，並不因「新聞」而讀《新聞報》，只為了《新聞報》篇幅多，小商店、小攤販，用來包紮貨物，非常合算；包花生米，尤其普遍。即在一般住戶中，精於計算的主婦，也願意訂閱《新聞報》，因為除了糊牆、包物、引火等用途以外，按照舊報紙價格，如果每天八大張，每月約合十二市斤，閱後出售，與當時《新聞報》每月一元左右的報價，已所差有限。這是《新聞報》銷數特多的主要原因。及戰後復員，百業蕭條，紙價高漲，《新聞報》這一競爭篇幅的政策，也就被迫放棄，正與英國各報縮減篇幅情形，遙相類似。

用大報當柴燒

　　「包物」與「引火」，的確是大報篇幅豐厚，尋求銷路的有力因素。《倫敦時報》，就曾因「引火」不夠迅速，引起讀者責難。在時報「讀者投書」中，刊登過一位署名艾利生 Peter Allison 的投函，標題是「從火爐發出的呼聲」A Cry from hearth。他開始就向時報抗議，說：「我想不到像你們這樣歷史悠遠的大報，竟對影響全國每個家庭的一項重大問題，毫不注意」。接著，他說明了這所謂重大問題，即當他用閱過的時報，引火發爐，一連三次，都遭受失敗。他警告時報：「如果你們還不趕快採用一種容易燃燒的紙張，那麼，我就馬上不再看時報了」。這封信登出以後，許多讀者替時報辯護，有位主婦寫信給時報，說「我一向用時報引

火，都燒得很好，簡直可以代替柴，艾先生燒不好，大概是艾先生的煙囪應該打掃了」。當這一問題吵得最熱鬧時，《紐約時報》非常關心，他請了一些專家將倫敦和紐約兩份時報，比較試驗。先後用三種方式引火，第一種，緊緊捲起來燒，第二種，鬆鬆摺起來燒，第三種，平平攤開來燒。結果，證明倫敦紐約兩報，都同樣容易發火，火力都很強烈。這才使《紐約時報》的心頭，放下了一塊巨石。而向《倫敦時報》抗議的艾先生，也就似乎再沒有向報館囉唆了。

對美報的警告

　　靠篇幅多，可以給讀者包物引火，這一保障銷路的辦法，實在有點近乎滑稽。一遇紙價上漲，越是篇幅多的報紙，就越受威脅。韓戰勃發後引起之紙價漲風，前年下季和去年上季，不僅各國報紙，大感不支，即豪富驕人的美國報紙，也顯露窘態。許多美國炫耀張數特多的「大報」，只好限制篇幅，限制廣告地位，有些則要求廣告社補貼紙費，作變相的廣告漲價。如果不是最近一年來韓戰沒再擴大，紙價沒再上漲，相反的且已回跌，則美國報紙，可能遭遇到任何一國報紙所未遭遇的惡運。《幸福雜誌》Fortune 就曾這樣警告過美國同業，「如果美國報紙，不設法縮減篇幅，終有一天，將接受致命的打擊」。本來美國報紙，浪費世界「紙」的資源，她通常要消耗全世界紙的總出產量三分之二。僅僅威士康辛州密爾窩基 Milwaukee 一家新聞報 Journal，一九五〇年就用紙六萬噸，這個數字，恰和擁有三億四千六百萬人口的印度全國報紙全年用紙的總量

相等。這是一個何等驚人的比較！因此，我相信，不合理現象，早晚總可以獲得調整，競爭篇幅的風氣，不久總會過去，而精編、節約的小型報，在美國必將代替許多篇幅豐厚的大報，更抬頭，更流行。現紐約《每日新聞》，也追蹤倫敦《每日鏡報》，以小型報佔了美國日報銷數第一位，即是一個最好的徵象。

報價一漲再漲

通常報館應付紙價上漲的最簡單辦法，總不外提高報價，但這和報紙傳播文化，普及大眾的使命，是十分抵觸的。因為報紙是應以廉價供應讀者，人類之需要報紙，正與需要陽光、空氣、水相似，雖然報紙不能一如陽光、空氣免費供給，但最低限度總當與自來水的便宜標準，相去不遠。假使一味以加價來解決本身困難，則繼長增高的報紙，勢將成為一種資產階級專用的奢侈品，這是現代報紙所斷斷不可容許的現象。不幸各主要國家的報館主人，除英國外，似乎都不大注意這一點，就最近各國報價，與二次大戰結束前價格比較，計英國由一辨士加至一辨士半（《倫敦時報》係由二辨士加至三辨士），美國由二分加至五分（有若干報紙已加至七分），法國由二十生丁（即一佛郎五分之一）加至十二佛郎，澳州由一辨士加至四辨士。其中以英國所加的百分比最低，而其應付高物價的對策也比較合理。英國在半個世紀以來，報紙加價的次數極少。以《每日郵報》為例，他於一八九六年五月四日創刊時，售價半辨士，第一次大戰中，英國物價飛騰，一九一七年三月五日，與其他同等報紙，改售一辨士，去年五月，再改售一辨

士半。即歷時五十五年，《每日郵報》僅加價三倍，比之同一時期英國貨幣的貶值，還萬萬追趕不上。因為五十五年前半辨士的購買力，決不僅等於今天的一辨士半。英國所以能維持相當標準，不過分增加報價，即當紙價及其他物價工資大量上騰時，他們總不肯將這一負擔，轉嫁給讀者，而儘量去從篇幅上，設法減縮。一九一八到一九四○，郵報售一辨士，他的篇幅，因廣告多，有時也出到八大張。目前改售一辨士半，他的篇幅，則早已減為一大張半到兩大張，故加價雖少，比其他國家加價多而篇幅不減的，經濟方面，仍遠為合算。《倫敦時報》，且在去年五月那一次同業加價中，他單獨保守原價三辨士，未肯再加，自六月起，更縮小字體，增加容量，將原來每英吋只排十二行的，增至十六行。這種辦法，當然都比不顧讀者負擔，背棄本身使命，只知盲目加價的那些報館，要特別來得高明。

讀報小型最便

照英國報紙現有作風，實已迫使一切報紙，都走向精編途徑，即使形式上仍保持大型，精神上卻全部變成小型了。我相信這一作風，將會影響到其他國家。而形式的縮小，在不遠的將來，也一定要廣大採行。人類是進步的，人類日常需要的物資、工具，自然也將以精巧便利為主要原則，今日人們之不會整天穿大禮服上寫字間，又或帶著整套舖蓋扛著大樟木箱作短程旅行，這是理有固然，勢所必至。那麼，當公共汽車、電車、地下火車最普遍的時代，為甚麼每個清晨坐車到機關、工廠、商店上工的勞動男女（無論是體力或腦力的勞動

者），他們不帶一份容易摺疊可以隨時在車上展開、隨時再插進衣袋的小型報，而一定要帶一份重量幾達半磅，無法在擁擠的車輛中攤開閱看，也無法插進衣袋的笨拙大報呢？因此，我深切感到，未來的報紙，內容固必需精編，面積也將縮小，除在某種意義上，大報仍有其存在價值外，小型報必然突飛猛進，大大發展的。

中國的小型報

中國的小型報，雖然一直到大陸淪陷，還沒有廣泛發展，但就我所知，遠在幾十年前，小型報的銷數，就往往超過大報。中國小型報最早也最流行的地區，是北平。滿清末年，《京話日報》，即曾風行一時。民國六年，我到北平，一面就讀北京大學，一面主編北京《益世報》，那時北平銷數較多的大報，是《順天時報》（日本人主辦）、《益世報》、《晨報》、《北京日報》，然而出乎意外，這四家大報的總銷數（《順天時報》，在每一軍閥戰爭時，因為他有日本政府撐腰，敢於報告不利於北平城中軍閥統治者的各種消息，銷數可大漲特漲，但戰爭一停，迅即下跌），竟常不及一小型的《群強報》。《群強報》沒有任何特色，新聞都剪自兩天前的上述四大報，他也沒有像上海香港一些小報通常具有的色情小說，字體都是老四號，排版很惡劣，一張四開紙，除廣告外，總共不到八千字，但就憑他這樣一張毫無特色的小型報，北平的「引車賣漿」之徒，真幾乎人手一紙。膠皮車夫（即人力車），當沒有生意時，即坐在車的踏腳板上，從頭到尾，一字一句，細細咀嚼。我曾仔細研究，並問過那些車夫，何以如此喜愛

這張內容不好的報紙。我將所得結果，加以歸納。我發現了：第一、他全部新聞，雖然剪自大報，但每條都已縮編為幾十字，最多亦不過二、三百字，識字不多的，比較容易看懂。第二、那時白話文運動，還剛在開始，而這張報，卻從出版起，就早已採用了「三國演義」式的白話體。其中有一欄「說聊齋」將文言改為白話，尤受勞動階級歡迎。此外，另有一最大原因，即報價便宜，大報每份要售銀元二分或三分，這張報只需銅元一枚，勞動者易於負擔。又因報價便宜的關係，一般報販，多用來贈送「大報」閱戶的傳達、僕從。在三十年前的北平社會，「大報」閱戶，多半為達官貴人，或富翁、遺老，報販無法與主人直接接觸，如果傳達僕從，從中刁難，則自己這份生意就隨時均可能被其他報販搶奪而去。「大報」轉販的利益是很優厚的，而且有些閱戶，往往閱報不僅一份。他們為了要鞏固本身利益，就甘心向每家傳達僕從，贈閱一份《群強報》，作為變相賄賂，這情形非常普遍。至報販對《群強報》，當然仍照批發付價，這也是《群強報》銷路特多原因之一。

老牌終於打倒

　　從民國六年到十二年，是《群強報》黃金時代。十三年起，競爭者逐漸增多。《群強報》主人叫陸哀，他父親於辛亥革命時任山西巡撫，被迫自殺，因此，他痛恨革命黨。他又曾和章士釗合辦過《甲寅日刊》。《群強報》在極盛的七年中，每月最少可盈餘兩千銀元。他以為這份生意，比同仁堂還穩固可靠，子子孫孫，永無問題，他從來沒有想到，應如何追求進步。他

自己抽鴉片，除責成掌櫃（經理），要每月向他送回至
少兩千銀元外，其餘一概不管。記得民國十一年，有一
次和他遇見，我勸他對《群強報》內容，應不時有所改
進。那時我還是一個二十四歲的青年，他笑著答復我：
「你是勸我革命嗎？我告訴你，一個報館，只要招牌做
開了，一切最好不要動，一動，人家就疑心你換了老
板，要變態度，不願再看」。我不屈服於他的這一說
法，我接著追問：「照你意思，連現在用了好多年的鉛
字，印出來一片模糊，看都看不清楚，難道你也覺得換
了會引起讀者疑心，讀者竟願意永遠看筆劃不清楚的
字嗎？」他連連點頭：「我正是這個意思，字越看不
清楚，讀者就越相信我的牌子老，這是一定不移的道
理。」自從我和他這次談話以後，我就十分相信，他這
張老牌子報紙，一定很快就會被其他新起的小型報打
倒。果然不到幾年，《群強報》銷路，一天天減少，搶
他銷路的《實事白話報》、《時言報》之類，並不是辦
得比他特別好，不過這些新起小型報，鉛字是新的，排
版再不像《群強報》那樣書板式，全面直行，別無橫
欄；新聞雖仍然剪自大報，但比《群強報》搶前一天，
《群強報》剪兩天以前的大報，《實事報》等，則剪自
一天以前。白話語句，一律現代化，不咬文嚼字，作三
國演義體的白話。僅這幾點就逼使《群強報》江河日
下。《時言報》的主人，其獲得成功是中國新聞史上一
個奇蹟，這位小型報社長常振春，原替我做過勤務，民
國十二年我創辦《世界晚報》，叫他幫助發行，他每天
和一些報販弄得很接近，以後他竟和人合夥籌了幾千塊

錢，自己辦報，當社長。他不認識字，每晚要編輯將全部內容，從頭到尾，唸給他聽，他認為有不合勞動界口味，或觸犯權貴可能招致封門慘禍的，就立刻指示刪改。這張報到七七事變北平淪陷時，已經日銷兩萬份。北平淪陷，如果他肯做漢奸，報仍可照常出版，但他決心從事抗日工作，竟自動宣布關門，越不是出身知識階級的人，越充滿民族意識。可惜勝利後，我回到北平，始終沒有再得到他的消息，這是使我最為悵念的。《群強報》銷路經過一些新的小型報爭奪，營業情形，日趨惡劣。及管翼賢主辦的《實報》出版，他就更無法支持了。《實報》是北平首先真正實行「大報小型化」的小型報，管翼賢這個人雖然因為他後來投降日偽，極為國人所斥責，但他辦報的勤奮，是不應一概抹殺的。《實報》的一切新聞，不特不採用一天或兩天前的大報，而且有些新聞，都比大報先一兩天刊出。因此，他的銷路，在北平曾打破紀錄，最高的數字，曾到過七萬多份。我所主辦的《世界日報》在北平佔大報中銷路第一位，但最高數字，只及《實報》二分之一。當《實報》最暢銷時，《群強報》跌到幾百份，那時陸哀既老且病，想振作也已無法振作。他將招牌租給別人，每月收回租費五十元，不到一年，租的人不願繼續。他如果收回自辦，則每月不特不能再獲利兩千元，相反的，且須按月虧賠。結果，只好從此停刊。日軍侵佔北平期間，他十分窮困潦倒，喧赫一時的小型報主人，不久即偃蹇謝世。

民生報在南京

在南方；民國初年，南京、上海，沒有同北平那樣略具雛形，如《京話日報》、《群強報》的小型報，有之，亦為期短促，曇花一現，即告夭折，但非新聞性的小報，則上海最為發達。南方正規的小型報，自民國十六年國民政府定都南京以後，才逐漸興起。十六年我在南京創辦《民生報》，這不僅是當時第一份小型報，也是國民政府統治下首都最早的一份民營報。《民生報》最初僅日出四開紙一張，以後逐漸增加，到日出四小張。九一八後，此類小型報，不斷有新的出現。《民生報》在南京的發行數字，比當時首位大報之《中央日報》多。民國二十三年，以揭發行政院長汪精衛親信彭學沛貪污案，被汪非法封閉，並將我拘囚了四十天，以後不但不許《民生報》復刊，且不許我再在南京辦報。林語堂所編的英文中國言論自由鬥爭史中，曾指此為當時言論自由被政府摧殘最慘烈的一次，且敘述經過，亦極詳盡。《民生報》停刊後，與《民生報》同型之《朝報》，乃極流行，銷路甚巨。我雖然被禁不能再在南京辦報，但第二年九月，我終於出版了在上海打破全國發行數字最高紀錄的小型報──《立報》。

我始終確認小型報具有無限美麗遠景，在中國，除了小型報一般有利的條件以外，中國造紙工業不發達，用紙越多，外匯的漏卮越大。尤其當共匪消滅大陸收復以後，工商業在最短期間自不易立趨繁榮，大報所倚靠唯一命源的廣告費，希望很少；人民購買力薄弱，報價愈低，銷數愈可儘量擴增；這種特殊因素，中國的小型

報，定將比任何國家還更能飛速發展。

二、立報是怎樣創辦的？經濟上究竟是賠是賺？

現在，我應該答覆第二個問題：「《立報》是怎樣創辦的，在經濟上她究竟是賠是賺」？

關於這一問題，總括的說：《立報》在經濟上，不但沒有虧賠，而且賺得不算少。由開辦到賺錢，時間經過很短促，所獲盈餘，就資本利率的百分比看來，數字很高，這兩點都超過了創辦時大家估計。如果不是日本軍閥殘暴侵略，八一三無情砲火，毀滅了和平繁榮的上海，則《立報》成就將不可限量。中國小型報銷行標準，雖不敢立即比擬《每日鏡報》的四百五十萬份，但中國人口超出英倫三島好多倍。我敢確信，未來的中國第一位小型報，或許還不應僅以四百五十萬份為滿足。若干作家，同情《立報》作風，特以懷疑小型報在經濟上難於支持，因即揣測，《立報》資本會全部蝕光。這些事實，正完全相反。至於《立報》在當時獲得相當成功的原因，扼要言之，約可分作兩項：

適應人民需要

首先，我願意鄭重指出的，一張報紙，要獲得廣大民眾的欣賞和愛護，最主要條件，即「立場堅定，態度公正」。特別在政治未上軌道的中國，這條件，對讀者的吸引力，尤極重大。抗戰前兩、三年，汪精衛為行政院長，配合其他腐惡勢力所領導下的政治作風，群小用事，賄賂公行，當時國內報紙，絕大多數，不屈服於硬的威嚇，即屈服於軟的收買。若干具有政治背景的，更

充分表現，有黨派，無是非。因此，廣大民眾，歡迎立
場堅定，態度公正的報紙，乃格外熱烈，也格外迫切。
《立報》在上海出版，正把握了此主要條件。探索《立
報》相當成功原因，這一點，實應選列第一。

　　《立報》創辦，可說出於非常偶然的機運。民國
二十三年，我在南京經營已歷八年的小型《民生報》，
為了揭發汪部貪污，觸怒汪精衛，被迫停刊。在是年九
月一日我被釋出獄時，曾由拘押我的南京憲兵司令部，
出示五項條件，命令我必須遵守。一、《民生報》永遠
停刊；二、不許再在南京用其他名義辦報；三、不得以
本名或其他筆名發表批評政府的文字；四、不得在任何
公共集會，作批評政府的演說；五、以後如離開南京，
無論到達任何城市，應向當地最高軍警機關，報告行
止。這樣喪失理性，蠻橫狂悖的條件，我除付之一笑
外，實在無話可說。在出獄後第三天，與我私交很厚，
一位汪精衛的親信來訪，他說：「汪先生對你並非不可
諒解，假使你能向他，作一個懇切表示，則不特五項條
件，全部取消，你艱難締造的《民生報》，也可立告恢
復」。我問他：「所謂懇切表示，意義如何？」他說：
「那就是你先寫一封信，說明以前種種全出誤會。信由
我代交，我當力勸汪先生約你一談，然後你在見面時，
再說幾句請他原諒，及保證今後對他竭誠擁護的話，則
一場風波，決可從此終結」。我毫不考慮，當即全面謝
絕了這一建議。他警告我：「一個新聞記者，要和一個
行政院長碰，結果，無疑是要頭破血流的」。我說：
「我的看法，全不如此，惟其不怕頭破血流才配做新聞

記者。而且我十分相信這場反貪污的正義鬥爭，最後勝利，必屬於我。我可以做一輩子新聞記者，汪先生絕不能做一輩子行政院長」。在汪聆悉此招降計劃完全失敗以後，他一方面就暗請那時在北平做行政院駐平政務整理委員會委員長的黃郛，設法壓迫我北平《世界日報》（《世界日報》在我未出獄時，黃即徇汪意，藉口鼓吹反日，妨害邦交，封過三天），一方面則儘量督促南京軍警機關，限期要我將《民生報》一切業務，結束完畢。創辦《立報》的動議，是我結束了《民生報》，到達上海，準備作短期休養，有一天，幾位上海同業朋友，偶爾向我，談及《民生報》夭折可惜，有人問，上海能不能產生一張和《民生報》相似的小型報；當大家聽取了我的詳細解答時，立即決定，在上海集資開辦。在我解答這張小型報的一般計劃中，我曾特別強調，報館資本，必須全部出自以新聞為職業的同業朋友，不要與任何黨派，發生經濟關係，也絕不要接受任何方式的政府津貼，因為只有如此，才可以鞏固報紙的基本原則，「立場堅定，態度公正」。否則，即使技術上，報紙辦得極其精采，他的前途，也將是十分黯淡的！

回憶水上飯店

記得那是民國二十三年十月某日的一個正午，亡友吳中一先生，同情我在南京這場災難，特於黃浦江邊水上飯店，為我設宴，表示歡迎。同席的有八、九位上海同業，他們知道汪精衛對我的禁令，不能再在南京辦報，於是吳先生以開玩笑的口吻提議：那麼，你為什麼不來上海辦？不過他接著就說，上海能不能辦小型報？

如辦大報，則在申、新兩大報高壓之下，沒有百萬以上資本，恐怕是不容易和他們鬥爭的。我當時同意他沒有巨資難辦大報的意見。我說，像我們這種職業報人的經濟力量，在上海，只有創辦小型報，或能打開一條成功途徑。我除強調這張報必須「立場堅定，態度公正」而外，並從編輯、採訪、發行、印刷各方面，指出了若干與當時上海一般報紙不同的作法。我的要點，雖然辦一張小型報，但所有規模，必須力求完備。重要新聞，不特決不能比大報少，每天更應有幾條任何大報沒有的特訊。地點必在報館中心區，有整棟房屋，足以容納營業、印刷、編輯等部份，俾能精神貫注，集中管理。印刷部份，最少應自置兩部輪轉機，每小時可出報十萬份。在報館每日銷數未達到十萬份以前，拒登任何廣告。我認為報館走向成功的三部曲，只有先以全力弄好版面，才可以爭取讀者，擴展發行，發行擴展，然後各種廣告，自能不招而至。不幸多數的報館創業者，總往往倒果為因，他們先運用各色各樣的人事關係，去招攬廣告，再運用種種不正當方法，賄賂報販，減價傾銷，而對於一份報紙最基本問題——言論、編輯、採訪、排版，反粗製濫造不肯注意，這種作法，結果必十九歸於失敗。所以我特別指出，小型報篇幅極少，內容要精，在上海，以一張四開報，與日出八大張，即等於日出十六張四開的申新兩報搶銷路，一比十六，可想見制勝工作的艱巨。而此四開小型報，其每方寸地位，應如何加倍寶貴，如果給付價極低意義惡劣的「五淋白濁」、「花柳楊梅」等下流廣告，佔去一部份，那對於讀者，

一定印象極壞，所以我堅決主張，不能日銷十萬份，不
增加張數，也就不刊登廣告，我這些話，本只是信口閑
談，但吳先生和同座的各位同業朋友，都非常感覺興
趣。水上飯店一頓午飯，足足吃了四小時，他們還要我
再談下去，於是大家同到我住的新亞酒店，由空泛的理
論，進入具體的行動。就在那天決定了集資十萬元，由
在座諸人，量力分擔，如難足額，再增邀其他友好，但
必以從事新聞事業者為限。我們並反覆要約，決不招半
份官股，決不請一文津貼，以便出版後對於「立場堅
定，態度公正」的最高原則，得以確切信守，不為任何
政治關係所影響。

遭遇無數磨折

　　《立報》就在這許多朋友熱情激勵之下，經過一年
籌備，到二十四年九月，在上海出版。我們根據當時
國內外情形，為了國家和人民利益，《立報》言論方
針，決對外爭取國家獨立，驅除敵寇；對內督促政治民
主，嚴懲貪污。出版以後，不到半年，銷路就超過了十
萬份。我雖然受同仁付托，負擔全權經營的重責，但登
記沒有用我名字，也沒有用我名字發表文章，所以甘心
媚日和縱容貪污的汪精衛，明知《立報》即等於《民生
報》的復活，他也就無法下手。不過汪精衛和一切腐惡
勢力，並沒有就此放過《立報》，在短短兩年中，我們
也不知曾遭遇多少磨折。所幸地區關係，上海究竟和南
京不同，而我們又能夠十分謹慎應付，事實上，汪精衛
權勢，也已早走下坡，因此，封門捕人的慘禍，沒有降
臨到《立報》頭上。《立報》就正以能始終保持其民間

報紙立場，堅守方針，對當前一切問題，坦白批評。《立報》獲得廣大讀眾的歡迎，我相信態度嚴正，關係最大。

發揮「動」的精神

　　《立報》獲得相當成功的另一原因，即《立報》全體同人，無論擔任那一項工作，大家都以極大限度，發揮「動」的精神。換一句話說，每一工作人員，在工作崗位上，皆能認真奮鬥，自強不息。整個版面，都是這種「動的精神」的充分表現。我生平對新聞事業，有一重要信條。我認為「成功」這一個名詞，如用在新聞事業，其生命的短促，實非任何其他事業所可比擬。其他事業，經過若干時間，達到某項標準，即可以算做成功，新聞事業，則成功的生命，只能以「天」計算。今天這張報，言論正確，內容充實，版面美觀，尤其擁有許多別報所無本報專有的特訊，這張報，確可以評為成功，但這「成功」的有效時期，僅以今天為限。倘若明天的報，你言論荒謬，內容蕪雜，版面惡劣，而且有許多重要消息，別報刊出，本報獨無，則同是一家報，昨天評為成功的，今天就突會變為失敗了。因此，《立報》出版之初，我和全體同人，都以人人要爭取「今天」的成功，作為工作標的。決不能因為昨天這張報或昨天我的工作被評為成功了，今天就可鬆一下勁，偷一下懶。我時常以前述《群強報》靠老牌子失敗，為我們從事新聞工作者最大警惕。我說，報紙要動不要靜，也就是說，報紙不僅不能後退，而且不能停滯，唯一出路，只有前進。我們應使一張報紙，

任何一天，不會引起讀者平淡沉悶的感覺。沉悶是報紙的毒瘤。要讀者不沉悶，最好辦法，正如遊客觀水，在「逝者如斯，不捨晝夜」之下，每天再投進幾塊巨石，讓他波瀾壯闊，水花四射，動人心目，否則死水一灣，自將毫無興趣，望望而去。這一「動」的原則，在《立報》出版兩年中，可算任何一人，都已盡到最大最好的努力。

一批新聞鬥士

當時館內各項工作，我們這些發起人（即水上飯店同座，以及其後陸續加入的幾位投資者）中的大部份，都曾親身參加。我更是被同人約定，非到報館經濟基礎確實鞏固，銷路已超過預定標準，不能離開，即在必要情形下，必須回平，料理《世界日報》，亦只許以兩星期為度。發起人以外，參加工作的，有不少學識卓越，精神奮發的中年及青年記者。尤其我從北平帶來一批新聞專科學校初級職業班畢業學生，對報館成功貢獻最大。他們雖僅受過兩年初級訓練，但排字、校對、譯電、編短稿、及採訪新聞，都能勝任愉快。（關於我對新聞教育的整套理論，說來話長，此處無法詳述）他們年齡各只十六、七歲，新聞鬥志，非常堅強。我鑒於上海報館排字部份風氣之壞，所以排字工作，全部責由他們擔任。新聞學校的字盤組織及排字方法，與一般舊式體系，完全不同。我曾經澈底改造，用字棹代替字架，每一個排字者，擁有一張寫字檯式的排字棹，他們不須終日企立，更不須往返奔走，其方式正和一個編輯，坐在寫字臺旁編稿相似。他們的排字效率很高，足比上海

其他報館排字工友提高一倍。但這些擔任排字或其他工作的同學，他們總不肯僅以專任某一工作為滿足，必於本身工作以外，要求更兼任一種以至二、三種。尤其採訪工作，最感興趣。八一三淞滬抗戰，所有同學，每天幾乎全體出動，採訪戰訊，此於促成《立報》在作戰期間，發行數字高逾廿萬，破中國自有日報以來之記錄，所關極巨。他們工作稍暇，即加緊自修。由於他們這樣勤勞興奮，也就影響了其他一切工作人員。編輯部在上海考取過兩名侍應生，原來任務，只是清理殘稿，掃地抹灰，不久，這兩位侍應生，為新專同學所感動，工作與學習，都向同學看齊，進步極快，成績極好，後來都被提升做助理編輯。上海淪陷以後，抗戰末期，其中一位，曾做到《昆明中央日報》總編輯（旋在昆明因病逝世），另一位則變成親共文人，最近我曾在共黨報紙上，看到他現正代表北平某報，在朝鮮採訪。回憶《立報》過去那一種蓬勃向上的朝氣，使《立報》整個版面，每天都充滿了「動」的精神。無論言論、新聞、副刊，我們每天總要設法供給讀者若干茗談的資料，辯爭的題材。我們立志做到今天有今天的成功。這一張「動」的報紙，功勞最大的，要首推那些青年同學，其次為全體工作同人，以及全體發起人。雖然我那時也只三十多歲，精力相當飽滿，然而總的結算，我對《立報》的貢獻，比起他們，的確是十分渺小了。

　　「立場堅定，態度公正」，及「整個版面，充滿了動的精神」，這兩點，是《立報》獲得相當成功的重要因素，至其餘技術上種種設計和措置，那只算細微末

節，無關宏旨，也決非一篇短文，所能紀述詳盡。在我準備寫的一部「記者四十年」回憶錄中，關於《立報》，或許能提供更多資料，此惟有俟之異日，現在所說，則只好到此為止了。

資本與輪轉機

《立報》資本，照我在新亞飯店計劃，總額共十萬元（約合當時美金三萬元），本來依當時市價，兩部輪轉機，即足以耗盡全部資本，因為我知道《朝日新聞》門司分社，有兩部廢置不用的法國馬立諾式小型輪轉機，稍經修理，即完好如新。（《立報》安裝此兩部輪轉機時，我曾請當時上海專製印刷機的明精機器廠技師，參加工作。我勸他們依式倣造，後來居然成功了，這類小型輪轉機，在中國，因此有了好幾十部）每部每小時一萬二千五百轉，可印四開報五萬份，兩部正符合我每小時出報十萬份的標準。幾經磋商，每部成交時，還不到三千元，在中國，這真是輪轉機從來未有的最低價格。此外一切支出，也力求經濟。因此，我們於陸續收足資本八萬元時，報館收支，已告平衡。其餘兩萬元，即未再收款。平衡時期，約在出版半年以後，發行既超過十萬份（《立報》定價每份銀元一分，國幣一元，可定閱四個月。我們曾提出一個口號，「少抽一枝煙，多看一份報，」這於銷數擴增，關係很大，但我們發行利潤，因為數字龐大，積少成多，仍很優厚）廣告社也就紛來請求，要我們開放一部份地位，刊登廣告，我們也就加刊了半張至一張，以免因增加廣告而減少了原有資料。廣告價格，和最高的《新聞報》廣告價格標

準相同。一年以後，投資者已分到股息紅利。上海淪
陷，還運用原有印刷設備，承印了許多抗日報紙，及太
平洋戰爭爆發，全部器材，被日偽沒收。勝利回滬，最
大部份，均幸能如數收復。當我們鑒於戰後局勢，及種
種原因決意結束時，售出所有資產，戰前每一萬元的投
資，連同過去所獲利潤，大約收回了等於戰前幣值的三
倍。單就經濟的意義說，總算未賠有賺。

憶吳中一先生

　　在八萬元投資中，最令我感動，也使我安慰的，即
吳中一先生生前的參加與身後的收回。吳先生江蘇武進
人，父親以做「裁縫」為生，他僅受過初中教育，即行
輟學，我因為友人介紹，於民國十六年《民生報》創
刊時，曾請他在上海替《民生報》打長途電話，這是他
做新聞記者的開始。最初他只是做助手，我曾不斷到上
海，告訴他若干關於新聞方面的技術問題，他了解極
快。當時京滬報紙，都以京滬長途電話，為傳達新聞的
主要工具，申新兩報，曾企圖壟斷這一工具，幾乎將每
晚通話時間，全部佔據。他不顧困難，與話局多方交
涉，往往通夜睡在話局的長凳上，非等到一個空隙，打
通電話，決不回家。其後話局只好替《民生報》劃出了
一個通話時間。從此，我更認識了他的記者天才和特
長，即將上海通訊任務，完全交他主持。他也就不久參
加了上海其他報館工作，極為同業所稱許。經過六、七
年刻苦辛勤，節衣縮食的結果，大約積蓄了三、四千
元。當他在水上飯店聽到辦小型報計劃時，他最為興
奮。及決定開辦，分配股額，他首先擔任，投資五千

元。按照個人經濟情形，這確已超過了他的力量。他罄其所有，連太太結婚戒指都換了，全數湊足，如期交清。我曾暗示他這一數目，跡近冒險，但他對於這張報的信心，似乎比我還堅定。我之所以由籌備以至出版，最初半年間，竭盡全力，不敢鬆懈，我對他感到一種道義上的責任，實也有不少影響。他於上海淪陷後，從事地下宣傳工作，也極努力，不幸當勝利到臨前一年，於由上海至重慶途中，在屯溪抱病逝世。身後室無長物，老母孤孀，稚子弱女，均啼饑號寒，無法生存，勝利以後，若干友好，曾為之請卹金，募教育費，得數奇微，令人慨嘆！及《立報》資產出售，他的遺族，分得了等於戰前幣值萬餘元，這才將一切問題，整個解決，對於一位如此熱烈篤實的死友，他的印象，在我的《立報》回憶中，將是永遠最深刻而最不會磨滅的！

三、香港《立報》的淪陷

至關於第三個問題：「香港《立報》，在太平洋戰爭勃發前一月，是否曾作過日本即將突襲英美的警告？當時既有此豫見，何以未及早內遷，而竟讓在港資產，全部損失？」我的解答，簡述如下：

一個宋朝故事

民國三十年十一月，日近衛內閣辭職，東條內閣登台，來栖在美談判，傳說紛紜，全世界都注意到東條內閣，對美國為和為戰，是否已面臨最後攤牌階段，非常關切。中國利害關係，尤為重大，自然更難忽視。那時鄧友德先生（現任行政院發言人室駐東京辦事處主

任），在香港辦有一本雜誌（名稱我已忘記），即就此
機會，出版了一期太平洋問題專號，向各方面徵求文
稿，我也替他寫了一篇，用的是「丁一」筆名，全文約
有兩萬多字，我和他約定，是雜誌與《立報》，同時刊
登。我記得在那一期專號上，寫文章的很多，其中有不
少日本問題專家。因為從九一八起，我們飽受英美對日
本綏靖政策的痛苦，尤其在我們抗戰最嚴重時期，還被
英國來一次滇緬路封鎖，大家對民主國家的國際道義，
其信任程度，實在已幾乎降達零點，所以東條內閣登
台，最大多數看法，一方面認為美國固不會為了中國，
和日本翻臉；一方面也感覺日本泥足，陷入中國，從
九一八算起，已歷十年，從七七算起，亦將五年，大軍
遠征，愈陷愈深，決沒有膽量，再發動一太平洋大戰。
他們的結論，不是說日美可能妥協，美國可能犧牲中
國，即是說局面將仍舊不死不活拖下去，正如這個專號
第一篇某位專家的標題，「東條內閣乃近衛內閣之延
長」。整個專號，似乎我最大膽，我在那篇文章內，曾
堅決指出，日美不可能妥協，美國不可能犧牲中國，而
日美戰爭發動的方式，將一定是，你今晚看晚報，第一
條新聞，還在說日本決意和美國妥協，日本願保障太平
洋和平安全。但明早一覺醒來，打開早報，就可能日本
已對美宣戰，幾個出號大字，赫然出現在你的眼前。我
還說，這個攤牌的日子，決不太遠，而且已迫在目前，
可能就在十二月上旬。這篇文章發表後，許多人都十分
驚奇，但相信我這看法的，為數極少。我在十一月下
旬，到重慶出席國民參政會，十二月七日那天，原和王

雲五先生，定好飛機票同時返港，但未到飛機場，即從廣播中聽悉太平洋大戰爆發，日本已突襲香港了。一切交通，立告斷絕，《立報》和我的家眷，全部陷在香港。重慶朋友，都同情我這不幸的遭遇。但他們也有時和我開玩笑，你既然預言日美大戰，方式和時間看得那麼準確，為什麼報館和家眷不早點搬走呢？我對於這種善意的嘲謔，通常總引用宋人筆記中一段故事，作為解釋。在北宋末年，開封有位士人，常向他太太，預言金人將大掠開封，而憂慮屆時屠殺，必備極悲慘。這話被隔壁一個開小店的聽了。他雖與這位士人並無往來，但向來敬佩他讀書明理，極具卓見的，就立下決心，將小店結束，全家搬走。及金人入汴，這士人全家被殺，他單身逃出，流為乞丐，無意中竟被一商店老闆，優渥招待，臨走還送他許多衣服盤纏。他莫名其妙，謂素昧平生，何相厚至此。這時老闆才告訴他，他所以未罹浩劫，即因為某年某日聽到他夫婦隔壁談話，他深信金人必來，趕快移家來此。由於這幾年經營順利，已薄有資產。不料預言金人必來之人，反因循坐誤，他得有今天，實受士人之賜，區區微贈，只聊足報答大恩於萬一。由這個故事，可以說明，談言偶中的人，不一定自己就真能百分之百，不受災難。何況報館職責與一般業務不同，絕不能因局勢危急，即先行停版遷走。香港《立報》，在出版時，即未敢多集資本，和上海一樣，充分設備，大舉經營，也就早已準備，萬一犧牲，損失不至太大。我這種解釋，即在十年後的今天，也還是一樣，可以答覆那位幾月以前在報紙上寫小說問我

的作家。

如何可以不戰

前三個月，我到臺北去，某先生是太平洋戰爭爆發時親身陷在香港的人，他對我那篇文章，也有過深刻印象。他笑著問我：「現在對當前世界大勢，你是不是又可以作一次神奇豫測」？我說：「我向來一切推斷，都只是憑靠普通新聞記者最普通的常識，十年前我推斷日美必戰，是從任何方面估計，都無法替他們找出一條不戰的道路。現在我看美蘇也是一樣。如果只就一些浮面消息，忽冷忽熱，半鬆半緊，就說美蘇可以妥協，則當日本突襲英美前夕，不也曾報紙上天天登著，和平絕無問題嗎？實則據「近衛手記」所說，早在九月六日御前會議，破裂局勢，即已確定。我們今天，安知蘇聯，不已經有過這樣類似的決定？不過發動時間還在儘量等待而已。我相信美蘇均不想打，但我想不出他們可以不打的辦法，問題重心，即在於此。

真是一幕趣劇

據陳訓畬先生告訴我（陳在香港主辦《國民日報》，直至淪陷始行停刊，隻身逃出，備歷艱苦，倖免於難），在我那篇日美必戰的文章發表以後，當時香港親共的《光明日報》，曾作一長文痛駁，但沒有登完，香港就已被日軍圍攻。這真是一場趣劇，可惜如此妙文我沒有看見。《光明日報》之所以必說日美不戰，因為那時共匪要保衛蘇聯祖國，不願英美分散援蘇力量，在遠東開闢戰場，固然中國局勢，比蘇聯還危急，但這並不是共匪關心的問題。歷史總是重演的，由此，

我們今天也就不難看出，共匪為著要掩護蘇聯作戰爭的充分準備，所以他儘管一面驅迫百多萬善良人民，替蘇聯在朝鮮送死，一面他的宣傳機關，仍舊胡喊狂叫，散放和平煙幕，說蘇聯要不顧一切，堅持和平。時間雖相隔十年，但共匪對蘇聯祖國，盡其赤膽忠心的保衛，卻總是始終如一，並無變化。如果因共匪強調和平，就以為瀕臨鐵幕邊沿的人士，可安坐天堂，永享幸福，民主國家，也毫不準備，那麼，以共匪之殘酷屠殺，誰能保證，結果之慘，不將比民國三十年十二月七日那一幕還要超過千倍萬倍呢？

　　（民國四十一年六月二十八日，香港新聞天地）

三、〈取締不良小報暫行辦法〉，《中央黨務月刊》，第 63 期，1933.10，頁 1984。

取締不良小報暫行辦法──二十二年十月十二日第四屆
中央執行委員會第九十二次常務會議通過

（一）全國黨政機關在出版法未經修正以前，所有小
　　　報呈請登記之案件，一律緩辦。

（二）全國黨政機關對于業經登記之小報，如發現有
　　　言論荒謬，敘述穢褻，紀載失當，及無確實之
　　　基金或經常費足以維持其事業之進行者，應一
　　　面依法定手續註銷其登記，一面向法院檢舉，
　　　依法嚴予處分，並通知當地警政機關停止其發
　　　行發售。

（三）全國黨政機關如發覺小報之編輯人及發行人有
　　　敲詐行為時，得向法院檢舉，依法嚴予處分。

（四）各地新聞檢查所對于小報應特別注意檢查，如
　　　有不送檢查或將業經檢扣之消息仍予刊載者，
　　　應一面報請當地主管機關停止其發行，一面通
　　　知當地郵檢所加以查扣。

（五）各地郵電檢查所對于不良之小報應隨時嚴予查
　　　扣，並報告主管機關。

（六）本辦法自決定之日施行。

中央執行委員會令──令各省市黨部
查近來各地小報言論龐雜，時逾正軌，亟應加以取締，
茲特訂定「取締不良小報暫行辦法」六條，提經本會

第九十二次常會通過在案。除函國府轉令飭遵外，合
亟頒發辦法一份，令仰該黨部遵照，並轉飭所屬知
照。此令！

中華民國二十二年十月二十五日

四、〈上海的小型報文化〉，《雜誌》（上海），第 11 卷第 6 期，1943.9/10，頁 10-15。

座談會

上一個月，本刊曾約幾位期刊的編者與作家舉行過一次座談，就當前出版文化諸問題作一探討，各人的意見已在本刊八月號上發表。此次本刊又特約幾位上海小型報負責人，舉行「上海的小型報文化」座談會，對於小型報的各方面，交換意見，藉使關心小型報文化問題的人士以及一般讀者明瞭一點上海小型報的現狀。

小型報有它存在的事實，有它悠久的歷史，更有它自己的讀者，因此必然地也有它文化的影響。我們如果把文化事業認作促使人類生活向上的工具，那末我們不該遺忘了任何一種可用的工具，今日的小型報正是這可用的工具之一，同樣，小型報的讀者也正是我們希望擴大文化影響的對象之一，因此我們關懷小型報的現狀，更關懷小型報今後的進步與發展。以這次座談為起點，今後小型報本身如能更臻健全，而發揮其更大的文化的影響，那末這次坦白的交換便不是沒有意義的了。

出 席 者：陳靈犀先生（社會日報）

　　　　　王雪塵先生（上海日報）

　　　　　鄧蔭先先生（東方日報）

　　　　　湯修梅先生（海報，書面參加）

　　　　　文載道先生

　　　　　蔣九公先生

　　　　　張健帆先生

余太白先生

本社吳誠之、吳江楓、洪源

座談日期：8 月 20 日下午 3 時

地點：上海雜誌聯合會

小型報的經營方式

吳江楓：這一次雜誌社請上海小型報同人座談，是聯
絡感情，並對小型報當前諸問題隨便談談性
質，正如上次曾邀請各期刊的編者和作家們
來一次「出版文化諸問題」座談會一樣。今
天承蒙諸位參加，非常感謝，希望能夠交換
一點意見，現在先談小型報的經營方法。

王雪墨：其實小型報談不到「經營」的，當初不過是
一時興之所至，辦一個小報，以文會友，所
以較具規模的很不多見，僅過去的「晶報」，
「辛報」，「立報」幾家而已。那些較具規
模的小型報，並不以賣報收入來抵開銷，經
濟方面沒有問題，這點與普通小型報不同
的。以後小型報此起彼仆，也大多是興趣關
係，對經營方法不甚注意，所以始終大權旁
落，被經銷者從中漁利，辦報的人感受到經
濟上的種種困難。

修　梅：小型報在現時期內，可說純粹是一種消閒讀
物。一般的經營方式，也是十足商業化，而
全靠讀者羣維持生命。所以，目前風行市上
的幾種小型報，實際上都能自給自足，各自

擁有很多讀者的。

洪　源：小型報都不能自己發行，祇能交給總報販經
　　　　銷，於是，受到重重剝了。

王雪塵：是的，總報販批給拆報攤，拆報攤又批給各
　　　　報販。現在各小型報定價二元，實際我們只
　　　　有一元三角二分到手。總報販批給拆報攤的
　　　　批價是一元四角一分，淨賺九分，拆報攤批
　　　　給各報販，也是如此，淨賺九分，批價是一
　　　　元五角。

洪　源：這樣算來，報販賣掉一份小型報，可賺半
　　　　元。那總報販如果包銷一種小型報，每天有
　　　　三千分的銷路，他僅僅一舉手之勞，可賺二
　　　　百七十元，一個月就有八千一百元哩。

蔣九公：小型報的另一致命傷，是租報制度。各報攤
　　　　隨意租給人看，每份取費一元，或五角，末
　　　　了退回報館，報館方面每天要負擔這許多供
　　　　給他們租給人看的報，沒有一文錢的收入，
　　　　這筆損失很大。

洪　源：我記得小型報同人曾商議過取締租看辦法
　　　　的，後來沒有成功嗎？

余太白：沒有，報販們不肯答應。

鄧蔭先：他們不用本錢，專靠租報的租費收入，已夠
　　　　開銷，然而辦小型報的人苦矣。

吳江楓：現在望平街的總報販，是哪幾個？

王雪塵：彭記、徐阿榮等。

洪　源：小型報委託他們經銷，大概是訂有契約，所

以不能改善發行的吧？

王雪塵： 契約即使滿期了，也得讓他經銷下去……

洪　源： 取銷退報辦法做不到，那麼不妨限制退報，例如一百份只准退十份。

鄧蔭先： 也做不到。租報還講時間的，租半天，租二小時，分別取費。在正午的時候，你若走過報攤，往往看見所陳列的小型報都沒有了，可是到了晚上，又退回到報館裡來了，原來這時的小型報，是被報販收去租給人家看的。

王雪塵： 我們小型報素不一致，雖有很長的歷史，常遭各方歧視，從白報紙二塊多錢一令，到現在一千五百元一令，完全靠著自己掙扎而存在的。這一點，我們要設法團結。

鄧蔭先： 現在紙張困難，印刷飛漲，辦小型報很感痛苦。印刷在最近三月來，已經一漲再漲，每漲一次就要漲一倍，例如本報前二月印刷費不過三千多，前一月六千多，最近一月漲至竟九千多了。還有廣告也不易兜到，別說小報，就是大型報紙，一般商家也只登新聞報申報的。所以小型報的生存，完全靠銷路，售價因之較大報為昂。小型報純粹以營業為宗旨，而經營方法，又是不合理的，自然非常困難，宛如百孔千瘡了。

修　梅： 這也該說是一種反常現象吧？小型報的篇幅較小於各大報二分之一至三分之二，而其售價，則反視一般大報高出一倍以上之多。（一

　　　　般現狀，大報每份售一元，小型報每份售二
　　　　元）這就全為小型報係純商業化，不得不隨
　　　　波逐流，跟著紙價的高漲，益其售價以謀挹
　　　　注的關係。在近兩年間，小型報售價從每份
　　　　二角，迭番增價，到現在售至每份二元，除
　　　　了歸於淘汰者外，幾張較著名的報紙，銷數
　　　　方面卻並沒大影響，可見一般人有其需要，
　　　　每個小型報的讀者，都是真正的忠實讀者。

吳誠之：小型報都委託印刷所代印的罷？現在承印小
　　　　型報的印刷所是那幾家？

玉雪塵：「大方」、「新新」等。

鄧蔭先：印刷業團結得很屬害，他們限期加印刷費，
　　　　同行一致，非照加不可，絕對不能掉換印刷
　　　　所，你若想掉一家印的話，他們會一致拒絕
　　　　承印的。

王雪塵：現在經營小型報的困難，一言難盡。

吳誠之：經營要想辦法，取材最好各不相同。

吳江楓：讀者以那一方面為最多？

張健帆：寫字間職員較多。大概分二種，一種是真正
　　　　為看小報而看小報的，一種是完全消遣性
　　　　質。小型報文字的水準，因讀者的水準都不
　　　　高，所以力求通俗。

吳江楓：銷路最多有七千份光景罷？

余太白：差不多，「海報」銷得最多，但以外埠為主，
　　　　在上海也並不多。

蔣九公：過去小型報有幾種都銷到一萬以上，像「社

　　　　會日報」就銷過兩萬多，後來因情形改變，
　　　　又幾次增加售價，與租報制度的打擊，便漸
　　　　漸跌落。

文載道：可以徵求定戶，不經報販的手，報館方面就
　　　　增加一筆收入。

王雪塵：這有人力問題。

洪　源：以前有自由車服務社代送定戶報，成績不大
　　　　好，常常送不到，小型報要自己用報差，經
　　　　濟力是不夠的。

文載道：如果由郵局寄遞呢？

王雪塵：那太晚了，最快要到下半天才寄到。

取材問題及其改進

吳江楓：陳靈犀先生來了，歡迎，請發表一點高見。
　　　　現在談小型報的取材。

王雪塵：小型報的取材，是多方面的，正所謂包羅萬
　　　　象，並且小型報有它的特質，可以代表上海
　　　　地方的人情風俗。

洪　源：小型報可補大報之不及，有些大報上不能講
　　　　的，小型報可以稍微透露一點。

吳誠之：我看小型報有一個特點，報導新聞，是用的
　　　　旁敲側擊的手法。

王雪塵：小型報還有一個特質，就是不涉政治，與政
　　　　治距離得很遠很遠。

洪　源：小型報在出版界自有它的地位，我記得我國
　　　　的漫畫，最早便在小型 上出現。晶報的黃文

農，是中國漫畫的提倡者。還有，報道文化消息，如作家動態，出版新聞等等，從前大型報紙副刊裡，也沒有這種，先在小型報上看見。

王雪塵：在座諸位，對現在的小型報的取材，請發表高見。

吳江楓：我覺得有許多可取的地方。小型報的文字，往往比大報來得生動。身邊瑣事，似乎多一點，但這也可取的，因為從小的地方，可以看出大的來。不過我覺得色情氣氛過濃，希望減少一點。至少需對青年讀者，給予一個較好的印象。

文載道：暴露社會黑暗面，我覺得很有意思，不過最好立場上面，不涉私人感情。

吳誠之：同樣是報導性質的文字，大報上有時反而顯得沉悶，枯燥，小型報上的比較活潑，生動。

洪　源：「東方日報」第一版每天有一篇「工商人物誌」，寫來很翔實，詳細，文筆也很好，這類文字，現在一般大型報都缺乏。

吳誠之：小型報的作者，都兼替別報寫稿的嗎？

鄧蔭先：作者有二種，一種是館方聘請的，一種是特約性質，至於投稿，大多不可用，不是因為文字差，便是恐怕別有作用。

吳誠之：在小型報字裡行間，我們可以知道作者們常跑舞場，戲院，他們寫作的時間很少，何以作品卻源源不絕？

鄧蔭先：作者也是多方面的，跑舞場也有，戲迷也
　　　　有，各寫他們的生活經驗。

修　梅：小型報的風格各家不盡相同，各自有其特
　　　　質。事實毋庸諱言，目前有些報紙為了過分
　　　　迎合某種讀者心理，漸至造成取材不很純
　　　　正，品格流於太低級，是一種較大的病態。
　　　　不過，我很相信，這等現象是一時期的，不
　　　　久自會漸隨環境轉移，入於健全狀態。

王雪塵：色情文字，是一種病態，無庸諱言，我們也
　　　　覺遺憾。小型報本來只談風月，只刊軟性文
　　　　字，頗受讀者歡迎，自從題材一狹仄，色情
　　　　氣氛便更濃厚了。

文載道：社會病態，自應盡量暴露，不過寫法最好不
　　　　過分誇張。

鄧蔭先：關於取材，我身歷其境，很感痛苦，舉一個
　　　　例，像「東方日報」的第四版，是電影話劇
　　　　版，但有時也不得不抱湊滿篇幅算了的態度。

文載道：如果有被檢去的，不妨讓它開天窗。

王雪塵：我希望新聞檢查當局，與報界多多聯絡，既
　　　　可使小型報對於取材，知所選擇，又可避去
　　　　檢掉而要補充的麻煩。至於開天窗，似乎不
　　　　大好。

文載道：大報也常有開天窗。

洪　源：小型報的讀者，對小型報的觀感與大報不同。
　　　　並且，大報的篇幅較大，開兩扇天窗無所謂，
　　　　小型報篇幅只有四開，或六開，讀者總希望多

看到一點文字。

鄧蔭先：　在不明真相的人，見了天窗，還以為小型報
　　　　　想敲竹槓，這種懷疑心理，也是有的。

作者與稿費

吳誠之：　最受歡迎的長篇小說是……

王雪塵：　大概是王小逸、桑旦華、金小春、田舍郎、
　　　　　周天籟這幾位的作品。

鄧蔭先：　最近讀者最喜看引用上海俗語寫作的小說。

吳江楓：　稿費大概有二、三十塊錢一千字罷？

蔣九公：　普通都講月頭，每月寫多少，拿多少，計字
　　　　　論酬的很少。

陳靈犀：　每天寫三、四百字，一月總計一萬字左右，
　　　　　有的出四、五百元稿費，有的三百元，六、
　　　　　七百元也有。

吳江楓：　這同大型報紙的一般稿費，相差無幾。

文載道：　純粹靠小型報寫作收入，可能維持生活？.

蔣九公：　不夠，小型報的作者，多數有固定的職業，
　　　　　以寫作為副業。

吳江楓：　可有專門記者？

王雪塵：　從前常有大報的記者，兼為小報記者，現在
　　　　　不大有。

陳靈犀：　這因為現在的小型報，不著重於報道新聞。
　　　　　小型報最初是側重筆記詩詞的，到「晶報」
　　　　　有了轉變，後來「福爾摩斯」出版，才重視
　　　　　新聞，再後來，「硬報」出版，特別注意到

政治新聞……

吳江楓：我看見「社會日報」上有新文藝專欄及零星作品。

陳靈犀：外界的批評，固然很好，但讀者對它並沒有什麼興趣。

鄧蔭先：看小型報的人，目的在找尋刺激，若是沉悶一點，他就說沒有看頭。

吳江楓：陳先生每天要寫「貓雙棲樓隨筆」，真不容易。有時會感到題材缺乏嗎？

陳靈犀：想到什麼就寫什麼吧了，請勿見笑。小型報的取材有問題，如果有人才的話，我想一定可以挽回頹風。

吳江楓：「東方日報」有關於時事的特稿，例如西西里有戰事，就談點西西里的風土人情，佛朗哥發表演說，就談談佛則哥的軼事，這對讀者很有幫助。

鄧蔭先：我們這時事講座，已連續三年之久，小型報要辦得合於理想，固然很難，但如能對讀者貢獻一點精神食糧，我們也想努力做到。

陳靈犀：「社會日報」本來有兩句口號：「言人所不敢言，記人所不敢記。」我曾翻閱過舊報，看見有許多大膽記載的文字，我會自己驚奇，當時怎樣竟能刊出的。

吳江楓：故事連環圖畫似乎最早也在小型報上出現，像「辛報」的長恨歌全圖。最近「海報」上也刊過曹涵美董天野等的故事畫。

鄧蔭先：現在製版費太貴，小小的一方，也得一百多
　　　　元，如果刊印連環圖畫，一個月要費五六千
　　　　元之多。

陳靈犀：小型報會與新文藝界打成一片，是曹聚仁先
　　　　生做的媒人，那時的「社會日報」上，常有
　　　　新文藝作家的作品，現在又分離了。

王雪塵：希望能夠再結合起來。

修　梅：小型報的取材問題，編輯人既各有所好，事
　　　　實上也是上下古今，無所不容，最為廣泛
　　　　的。但我卻認為小型報是交凝於多方面的，
　　　　新聞的，趣味的，文藝的結晶體。這幾年
　　　　來，我常抱定循此以求，造成一個「自以為
　　　　是」的標準的理想的小型報之企圖，很想促
　　　　其實現。只是「言之匪艱，行之維艱」想來
　　　　也真絕非易事哪！

小型報的文化使命

吳江楓：現在請談編排方面。

鄧蔭先：「海報」的編排較好，因為它自己有印刷所，
　　　　普通一張小型報，由四個人排，他們卻由十
　　　　五個人排，所以編排較好。

洪　源：有一個時期，採用分類編輯的方法，談戲的
　　　　占一欄，講說書的也占一欄，甚至跑狗，回
　　　　力球，也有固定的專欄，現在似乎改用綜合
　　　　編制了。

鄧蔭先：比從前分類要少一點，像「東方日報」第一

　　　　版是工商新聞，第二版是社會新聞，第三版
　　　　是隨筆，小說，第四版是電影話劇。

吳江楓：長篇小設似乎登得很多。

鄧蔭先：現在讀者歡迎看身邊瑣事，對長篇已經有些厭
　　　　倦，不過一般長戶頭，還是要看長篇小說。

洪　源：也有一種看小報的人，是想在小型報裡，學
　　　　得一點門檻，例如「十三點」有什麼新名詞，
　　　　他知道最新鮮的是叫做「戶口米」。（因共
　　　　有十三筆）

鄧蔭先：總之，要做到像過去的「小晨報」，「辛
　　　　報」，「立報」那種，頗非易事。

吳江楓：小型報將來的趨向，諸位以為怎樣？

王雪塵：小型報都各自為政，像一盤散沙，對社會很
　　　　少貢獻，最近覺得有團結的必要，故成立一
　　　　個「上海小型報聯合會」，預備分三點進行：
　　　　（一）聯合印刷。
　　　　（二）聯合發行。
　　　　（三）保障作者生活。
　　　　辦小型報同人的福利事業。這三點做到了，
　　　　然後才能談到其他問題，我們的計劃是這樣，
　　　　希望雜誌界予以提攜與指導。

鄧蔭先：小型報同人會演過二次賑災與防疫義務戲，
　　　　成績尚佳，聊盡棉力而已。

吳江楓：陳先生的觀察怎樣？

陳靈犀：希望在合理的範圍中，使小型報紙能夠自由
　　　　發展。

鄧蔭先： 總之，目前小型報財力缺少，只夠維持，發
展做不到，可以說都是缺點。

吳誠之： 大報與小型報，雜誌，也應該互相聯絡，無
論就哪一點看，出版，發行，編輯，都應如
此。我們一個雜誌的力量很薄弱，然而把今
天這紀錄刊了出來，至少有一點力量。我希
望大報、雜誌、小型報，能夠時常相互的舉
行座談。

吳江楓： 以文化的鬥爭性格言，大報是坦克車，小型
報是尖兵。

吳誠之： 彼此互相呼應，時通聲氣，可以解除一切困
難。文化是有鬥爭性的，只能前進，不能後
退，我們敬祝小型報與雜誌界同人努力邁進。

吳江楓： 今天我們談得很暢快，也很實際，這記錄預
備刊在九月號「雜誌」裡，我想是有它的意
義的。天氣還很熱，承蒙諸位出席，很是感
激，以後希望多多聯絡，至於還有幾位今天
沒有參加的，我想也請他們發表一點意見。

吳誠之： 請諸位對敝刊不吝指正。

五、九公，〈小型報內幕〉，《雜誌》（上海），第 14
卷第 5 期，1945.2，頁 82-87。

當我每次想到我自己所操的這個「小型報人」職業時，我常會暗自失笑，覺得這職業實在太陌生太奇特了。它，既沒有歷史的例子，而在世界上又很少我們的同業。雖說新聞記者曾被人列為四大自由職業之一，但實際上我們所幹的這項生活，分明和新聞記者有一點不同，所以我們只好算是畸形都市中所產生的一種畸形職業。

在就橫的方面來看，現在世界各國到底有多少我們的小型報同行，這卻無人統計過，但我相信一定少得可憐。曾聽人講過，全世界的小型報事業過去當以巴黎最為發達，不過它們的所謂小型報，僅是指篇幅較日出數十大張的大報為少，而內容還是具著大報的作風，不像現在上海小型報的這副面目。

以國內言，凡有小型報之處，恐怕只限於幾個都市省會，其發行的動機，大抵是業餘玩弄性質。若說正式恃為職業，依此營生的，那此中人物，恐怕更寥寥無幾。上海又算是小型報事業最盛之地，但眼前試縷計一下我們的同道，把家人生計仰給於這上面的，恐不足百人。

一　外界對小型報的三種心理
惟其因小型報從業人之少，所以外界對於我們這圈子裡的事，以及我們的生活情形，都非常隔膜。憑我過

了這二十年小型報人生活的經驗，我發覺平時所晉接的
人中，對小型報所懷的印象，不外三種。其間第一種
人，是對小型報絕對隔膜或誤解的。他們對什麼叫主
筆、什麼叫編輯、什麼叫訪事，都弄不清楚，遑論分別
大小報之異了。他們心目中，只知道報館中人，消息靈
通，所以有時常碰到一種外行朋友，知道我是「報館
主筆」，便對時局問長問短，渴欲知道些新鮮特殊的
新聞。可是我平時所做的工作，實和國際電訊，不發
生絲毫關係，簡直和常人一樣的隔閡，所以結果常因
此而受窘。

　　第二種人是知道大小報之分的，可是他們對於小報
所抱的心理，完全仇視、歧視和輕視。他們並無空閒和
機會，去瞭解一下小型報的內幕，卻跟著社會一般人歧
視小報的傳統觀念，認為小報中人都是無聊下作，只知
道造謠生事、揭人隱私，以敲竹槓為目的。因此大部份
人見了小報中人，敬神鬼而遠之，甚至旁邊有了個小報
中人，連講話都打斷了，深怕明天被加油添醋、渲染到
小報上去。關於這種心理的造成，果然由於過去一部分
同業行跡不檢，確有惡劣行為。但有一點我可以告訴各
位，便是歷來小型報中人所遭受的優勝劣敗的天演淘汰
公例，比任何一界為速。原始人類淘汰掉一條尾巴，要
經過數萬年的演進，而我們小型報中淘汰一惡劣份子、
害群之馬，卻至多不出三年工夫。我們承認在我們這圈
子裏，常有一種招搖撞騙之徒混跡，但他的劣跡逐漸暴
露揭發之後，便不期的會受潔身自愛者所共棄，也用不
到羣起而攻之，他自會失去其立足地，而只得別投生

路。所以現在能年深月久地生存於這個小型報圈子裏的
人，我們可保證他決不是外界所想像的惡劣份子，否則
他就決不會託跡至今，這是可以自負的。

第三種人才是我們的知己朋友，他們是小型報迷，
或信仰一張報紙，常年定閱，垂若千年不輟。或信仰
一二人的作品，讀之成癖，只要那張報上有他的作品，
就購讀那張報。也有的對整個小型報有深嗜，每天瀏覽
殆遍，列為日常功課，要是今天沒有翻過小報，就像酒
徒之於酒、煙徒之於煙，會情緒不寧。此種人看報目的
不單是在欣賞文字內容，同時還注意我們的行動舉止，
以及阿私所好。他們不特能指出許多作者姓氏，並能舉
其化名別署。往往有些作者的身邊瑣事，在作者本人，
寫過就忘，而他們反給你記得清清楚楚，熟極而流。也
有許多讀者，和我們神交已久，而歉緣慳一面，於是轉
輾託人介見，聯杯酒之歡。甚至有些讀者，因愛讀某人
作品，而兼愛其人，當看到某人在文字裡嘆窮時，竟會
自動致送一筆款子前去，以表仰慕私衷。這些事實，並
不是我故意誇張，過去確曾發生過多次，這也算是小型
報操觚人精神上的唯一安慰。

二　利用小型報來宣傳捧場

當然，和小型報中人交遊，其動機並不個個像這樣
純潔而簡單的。往往有許多人，他們極力接近小型報
人，其目的無非想予以利用，作為宣傳工具，以謀其個
人地位和手創事業的發展。讀者也許會相信，目前上海
有不少的名流聞人，以及醫生、律師、伶人、歌女、書

畫家……之類，他們的成名，是完全小型報捧紅起來的。原因是由過去的小型報界，報格低落，人物良莠不齊，對於採稿方面，門戶限界甚寬，無論捧稿罵稿，也不問對方是否值得一捧、值得一罵，總是來者不拒。於是便有種社會上很活動的份子，或好名之徒，從冷眼裡看出這是條登龍捷徑，便對一部無聊作者，施一點小惠。今天捧一段，明天捧一段，只見那人的大名三天兩頭的在報上出現，因此社會上就知道上海地方，有這樣一尊人物。他的聲名地位，也就一天天高了起來。

　　至於醫生、律師、藝人，那更少不了報紙的捧場。他們之中，若能認得幾個小型報作者，確可佔到不少便利。一個唱戲的伶人，他（她）到上海來搭班，登台前的第一件事，乃是拜客。而拜客卻不能漏去報館，單是拜過了客還不算鄭重，還得設宴，宴請全體報人，多麼禮數周到？但實際上他們勞駕幾步路、請一次客，真有意想不到的收穫。報紙上常提起他的藝名，這已是替他登了義務廣告，再加今天一劇評，說他唱得如何精彩，明天一劇訊，說他夜夜滿堂，彩聲不絕。別說捧，單是在報上少罵一句，那已算是他們拜過客請過酒收到了效果。否則說一句壞話，要使他名譽上營業上蒙到多少損失？

　　寫到這裡，我不禁為過去小型報作者人格之低劣而恥。因為在從前報紙上，確有此種全憑意氣用事的捧稿罵稿，往往今天吃了一頓，明天報上就捧得肉麻弗出，今天漏掉他一張請柬，明天就準會公然罵過明白。這些果然是小型報人為外界留惡劣印象的地方，但唯其如

此，卻反而養成了小型報在社會上的特殊潛勢力。為了大家想捧怕罵，便對小型報人敬畏有加，當了面不敢怠慢，背了面一致談虎色變。而小型報人中有幾個潔身自好的，也被當作一丘之貉，一時自難於分清涇渭了。

三　二十年來的小型報滄桑

小型報在上海的歷史，當已在五十年外，在吳趼人筆記裏，就有一張光宣年間的小型報題名表。但這些只能算是小報的發軔時代，若論正宗的小型報，那或許從晶報開始。我的和小型報發生關係，便在這晶報脫離神州日報、自成一軍時代。那時市上的小報，除遊戲場報外，祗有金鋼鑽、風人報、滬報等幾種，後來又有顯微鏡（後改銚報）、開心報、錦報、鐘報……等問世。自福爾摩斯報出版後，使小報風氣，為之一變。但那時的小報都是三日刊，而且多數是為白相相而辦報，根本談不到內部組織，及營業度支，并且也無需登記證件。只要手頭有九塊錢，以六元付印刷費，以三元買一令紙，再請幾位認識的塗筆頭朋友，寫幾篇稿，就可付諸出版。那辦報老板往往的一身而兼編輯、會計、廣告員、校對、茶房五職，一期出過，就可向望平街報販算清發行帳，作為第二期資金，再加些廣告收入，居然可獲贏餘。記得有一次，有位身兼五職的老班到付印那天，因收來的賬已在隔夜叉麻將輸掉，於是急匆匆的來找我，向我商借了九塊錢，去買了報紙，自己捎到印刷所去，於是第二天便得照常出版。同時還有位老班，他身上穿著一件嗶嘰單袍，每逢付印那天，要是無錢付印費、購

報紙，便把袍子脫下來去認得的當鋪押了十塊錢，拿來付印費購紙，當晚就穿著短裝，在印刷所澆字爐旁孵一夜。第二天收了發行賬，才贖出長衫，重見人面，這時他照樣又是老闆兼編輯的身份，又活躍於尊前筵畔了。

　　在當時出版一份小報，既如此易舉，於是後來小型報之崛起，就如雨後春筍。中間又經過一個橫報風靡時代，報名既取得稀奇古怪，內容也專談風花雪月，越是低級越有人看，而小型報的報格，也就日形低落，在社會上留下一個惡劣的印象。直到現在，雖說小型報的面目已一變再變，而一般和報紙隔膜的人，至今把小報低視，看得和從前一樣。

　　小型報在國府成立於南京後，才受到當局注意，而與大報同樣的辦理登記，呈送檢查。這時適當上海文化事業的全盛時代，政府方面，漸知小型報擁有大量讀者，其潛勢力不可輕侮，於是漸有人想到利用小型報來作宣傳工具，有的自己投資辦報，有的給予一部份報紙以津貼。當時幾張有名的報紙，如立報、小晨報、辛報，以及後期的時代日報等，都是有一點政治色彩的。

　　立報、小晨報等之出版，都是以大資本來從事，其內部規模組織，和大報不相上下，規模既完備，因此內容也漸臻美滿，不像從前的因陋就簡。而此時其餘許多沒有政治背景的報紙，銷路不振的，已先後被強者所淘汰。沒有淘汰的，為求生存計，也只得擴大其規模組織，改進其內容編排，這倒無形中促成了小型報的健全化，漸漸的奠定了它的基礎和地位。

　　到了此次大戰後，小型報又經過了一番徹底的變

革，轉入了另一個非常的時代。記得當八一三的砲聲一響，數十種報紙同時陷於停頓，祇留下一張社會日報，和十家小報館聯合出版的「戰時日報」。（發行後不久即奉令停刊）到第二年上，才又有幾張新的小報問世，大有恢復過去繁榮之勢。但後來太平洋戰事突作，因白報紙統制的關係，當局也鑒於小型報在社會上有其宣傳力量，即下令將全滬小型報實行合併，由十多張併成了六張。關於這一次的歸併，其辦法倒是很公正無私，結果是將社會日報、力報、東方日報、上海日報（被禁）、吉報等五張較完備的報紙保留報名，而將其餘的歸併到五報之中，此外再加上大上海報、甯波公報、海報、繁華報和幾份戲報，總數不過十份。到現在三年，還是保持著這一副面目，無一份新報出版。

四　小型報作家的收入

從前白報紙每令祇售二元餘，印刷費每月祇二百元左右，小報每份祇售銅元三枚，所以辦一份報紙，輕而易舉。現在呢，白報紙已漲到過五關，印刷費已漲至二三十萬，因此一家報館，就非有大的資本，大的流動金，不能生存，出納既鉅，其內部規模組織，也當然不像從前的簡陋。再加近年的小型報，篇幅雖仍是四開，而文字質量，已充實得多，往往前後四版，都排滿了文字，而且分門別類，必須請幾個編輯，分司其事。他如徵文約稿方面，從前報館對於寫稿人，很少像大報館結算稿費的，就算出錢約幾個特約的撰稿人，那時生活低賤，每月亦不過酬以二、三十元。但現在則報館方面，

已將按月編輯稿費部門，列為一筆重要的支出，總數約自二、三十萬至七、八十萬，而且，年來百物增漲，各報對稿費一項，也跟著調整，而略予增加。一年之前，每篇特約稿的代價每月不過四、五百元，經幾次調整下來，目前已增至四千至一萬，二月份起，或有續漲之勢。但若與生活指數比較起來，所漲的成率，實永難追趕及於物價，所謂「調整稿酬」，也只能算是點綴點綴而已。

　　各報既每天需要大量文字，來湊足各版篇幅，於是必須四處約人寫稿，同時為競爭內容，增加銷數計，所約的稿件，務求其精彩動人，吸引讀者。因此在這幾年中，便造成了一批所謂「小型報作家」，更造成了他們在小型報界的特殊地位。原來小型報接受外界投稿，可謂絕無僅有，所有的稿件，幾全靠此輩特約的作家來供給，於是有幾家報館，就雇用了腳踏車專差，每天輪流到這幾位作家的寓所或治事所，接稿送報。而那作家一紅之後，便往往以一人而應幾家報紙的撰述，每天只消寫完幾篇稿，逐篇封好，留在指定地點，便自有專差按時來取，除了月底月初，結送稿酬外，其餘稿子寫完變算工作已了，儘可我行我素，不和報館發生接觸關係。像這樣自由的賣文職業，要是收入豐厚，生活寬裕的話，那可說是天下最寫意最自在的一種業務。但大概上天派定文人在中國，必須清苦守貧，報館對於紙商、印刷所、大報販，都肯貼耳俯首，說加就加，說漲就漲，而獨對沒有團結的作者卻不肯斟酌生活情形，將稿酬提高至合理程度。譬如說目前一篇特約稿所致酬，至多不

過萬元上下，亦有少至三、四千的，這數目在現在祇夠買幾升米，離「千字斗米」標準，相去太遠，這如何能使一作家靠寫作而維持生活？因此有一部份職業作家，為滿足生活，增加收入計，便不期的走到多產一條路上去。好在目前上海報非一張，他可以一天寫七八篇九十篇稿，積小數而成一大數，但無論你寫得怎樣多怎樣勤，只因歷來各報館對於作者稿酬，始終不能與物價維持平衡，因此目前上海第一流紅作家的生活，也並不像美國作家那樣的富麗豪華。就以最近而論，一職業文人的輯費稿費總收入，約自三、四萬至十一、二萬，這數目當然只能過苦日子，談不上享受兩字了。

但專恃寫稿為生的純職業作察，在小型報中並不佔著多數，大部份倒是另有職業。他們最初不過視寫作為一種興趣，目的不在求稿費，但後來生活一天高一天，原來薪水，漸感不敷，於是也接受了館方的酬金。迨至最近，坐寫字間朋友每月賺二、三萬薪津，窮得在叫救命，於是此輩之中，不特要在稿費上面，照一半牌頭，甚至有儘量多產，把大部份開支靠在寫稿上面，而把寫字間職業，反當作了附庸，因為目前想在寫稿上找兩、三萬收入，比諸在公司銀行中要求加一、二成津貼倒反而容易一點。

五　小型報文字的獨特作風

日前上海的小型報，雖只有這寥寥幾份，可是內容競爭之烈、題材取稿之認真，卻為過去所未有。這是因售價已增至五十、一百元一份（現分兩種售價），再不

求內容之精彩，就難以抓住讀者，維持銷路。去年一年中，可算是各報發掘新人最賣力的一年，為了競爭計，各報都想在原有陣容之外，邀幾位彈硬的作家，擔任執筆，對於有些聲望的寫作者，不惜以豐筵厚帑相聘，挖角之風，於焉大盛。後來且有人動腦經到女作家身上，四處徵求女作家作品，以為號召，但結果都是虎頭蛇尾，一場空擾。就是在男作家方面，一時所發掘到的，也寥寥無幾，僅有五六位傑出之士，現正為各報所重用。我們試推原寫作人才所以如此雖得，這果然是由於替小型報寫稿，並非生財大道，懷才之士，對之不感興趣。但一方面卻因寫小型報稿須具一種特殊的天才，和另一路的作風，往往有許多新舊文學俱有根底的學者，很有修養，寫起小型報稿件來，就覺其格格不入，才非所用。反之，幾個在小型報界有聲望的作家，他的文學修養，倒未必這樣登堂入奧。這就因為小型報文字另有一工，沒有天才悟性的，寫來寫去，總是不合題材風格，而一經窺入門徑，那麼信筆書來，便成妙文，初不必費多大功夫。有幾位作家，他所以一天能產生十篇八篇稿，在旁人看了，一定替他吃力，以為一天內要找如許題材，寫如許文字，真是虧他。其實他完全佔著「熟能生巧」四個字，所費腦力，決非如外界想像之甚。

而且，小型報的題材作風，無時不在變化中，今天某種文字有人要看，館方就要你多寫某種文字，明天讀者的口味又變了，館方就適應讀者需要，又要你多寫別種文字。小型報的讀者既犯著一窩蜂毛病，因此作者也必須有多方面的寫作本領，才能適應生存。年來正有許

多新人，打進了這小型報圈子，有的為了文不驚人，雖有作為，知難而退，有的就為了沒有這多方面的修養，漸被淘汰出這圈子。而真正能站住腳跟的幾位，他便算是小型報寫作的成功者，他像名角兒一樣的，你也來邀他撰稿，我也來求他的作品。但類此成功者簡直很少很少，算起來不足三十人，目前各小型報就一大半靠這二、三十位作家，作為中流砥柱。

小型報的基本從業員既祇此幾人，於是他們的團結力也就非常薄弱，至今還沒有一個中心的組織。在他們自己這一個圈子裡，有人把他們分為元老派與少壯派兩系，其區別僅依從業歷史的深淺而異。大概在戰前已從事於小型報編撰具有一、二十年寫作經驗的，應歸納於元老派，在戰後崛起的作家，就屬少壯派。其實元老派的年齡也不過自三十多歲至四十多歲，而在他們之上，當然還有比他們更老的老作家在參加寫作，那就算是「太上派」。同時在少壯派方面，也因志趣及寫作風格之不同，就又有所謂「少壯系」之出現。

六　長篇小說與身邊文潮

上面說過，小型報的題材，無時不在蛻變中，譬如三年前各報，長篇小說風行一時，一報之上，竟有刊十二部十二部長篇之多的，但現在此風已成過去，各報所刊登者，已減至兩三部。又有一時期，桃色文字非常盛行，桃色的作品愈多，報紙銷路愈好，有幾張報為迎合讀者心理起見，就極力在這方面動腦筋，而一部份不肯趨附潮流的報紙，銷數竟跌剩了幾百份。後來因當局之

警告，輿論之指謫，才把內容漸漸嚴肅起來。又有一時期，報間復盛行一種身邊文學，這是因言路日狹所造成的一個潮流，一時作者因不能談的事太多，於是大家只能談些身邊瑣事，風花雪月。這時每個作家，替一張報紙寫稿，都得冠上一塊文招，如什麼集、什麼篇、什麼散記、什麼隨筆之類，每天就標著這一塊固定的招牌，像說書先生登台說書一樣，寫上一、二則身邊事件。這樣你也標一齋，我也據一閣，每天翻開報紙，就只見這幾個標題佔據篇幅，很少變化。而作品內容呢，不久也就成了一個後果，便是那作家必須常在舞場走走，咖啡館跑跑，多用鈔票多增見聞，那才顯其文采風流資料不窮。而有一落大派的身邊文寫出來，也有的從不在高尚場所做過闊老，但為增高其寫作地位，便在文字裏大擺其闊，什麼「召某姝侍坐，市舞票千金」，「帶某舞人去至地地斯，作通宵表演」，全都是閉門造車，於此便產生了一批所「魁派文人」在報上「魁」得嚇壞人，而有幾個投稿家還是十五六歲的小弟弟呢。

這個身邊文潮流，持續了有一兩年之久，到最近才歸於淘汰。從目前各報所取的題材作風看來，已有了急劇的轉變，便是從浪漫回到了嚴肅之路。這是由於海報在上海方面的銷數激增之故，因此，其他有幾張報，便急起直追，跟著它的路線，亦步亦趨。而另外幾張報則依舊保持其「海派」的原來作風，當然它們像海派的伶人一樣，也自擁有許多的觀眾。這一來，就甚至連作者也無形中分成了京海兩派，大家各有其地盤，各有其絕活，成為目前小型報界的兩支敵體部隊。

七　小型報的最近趨勢

海報的長處在取稿認真，內容高尚，在過去桃色文字風靡時代，它始終未被捲入漩渦，因此最初本埠的銷數，未見起色，而外埠則成了它一報的天下。它和社會日報可說是兩份水準較高的報紙，但結果社日曲高和寡，到最近才振作起來，海報卻獲得驚人的成功，從今年起，本埠的銷數，竟在幾月之中激增數千份，超過力報，而居首位。力報見狀，立即轉變方針，便也請海報系的人物擔任編輯，把水導提高。但上海地方，讀者看報程度高低不一，因此海派作風的繁華報吉報等，也照樣能維持其銷數地位。此外東方日報則介乎京海兩派之間，銷路也很好，最近印刷編輯改良，煥然一新。社會日報則一度因改組而停頓，方於十二月十二日復刊，這張過去曾有光榮歷史的教紙，改組後是否能恢復元氣，那要看主持者的魄力如何了。

常言道：「物以稀為貴」，目前的小型報，早經停止登記，限制發行，推出的就只有現存的這幾份，並由當局酌予配給白報紙，每月十令至二十令不等。這樣新的無法出版，便無形中抬高了此幾份核准發行報紙的身價地位，它的一張登記執照，比諸普通小銀行的營業執照，還要寶貴。

不過就在最近幾個月裡，小型報忽遭遇了一嚴重的打擊，一因節電關係，印刷成問題，二因白報紙（配給紙不夠用，大部仍仰給黑市）不斷飛漲，使小型報的售價一再調整，而仍虧蝕甚多，甚至有銷數愈大虧折愈多之勢，所以目前每份報已漲至五十元，繁華報則漲至

一百元。報紙本身一蝕本，那麼一批從業員的生活當然
也受到影響，目前第一流作家的收入，也不過十萬元左
右，而普通的不過三、四萬元，這當然不能滿足現狀，
而得安心寫作。所以眼前形勢看來，整個的小型報，無
論報館方面作者方面，前途都充滿著黯淡。但我們一念
及戰後幾年來，全滬的小型報就全仗我們這寥寥數十位
從業員，堅苦維護，在風飄雨蕩之中，把它裁培成今日
的報格地位，獲得了一部社會人士的重視，這該是使我
們感到十二分的興奮與安慰的。

六、「上海解放前小報統計表」，1949 年，〈解放後
　　上海各報銷數解放前上海各小報銷數〉，《軍管
　　會新聞出版署檔案》，上海市檔案館藏，檔號：
　　Q431-1-21。

名稱	地點	公私營	銷數（份）	篇幅	備註
鐵報	南京西路 580 號	三青團背景	7,000		照常出版
羅賓漢	九江路 269 號	私營	13,000		
飛報	鳳陽路 228 弄 35 號	私營	13,000		
誠報	西藏中路 330 號	中統背景	2,400		已停刊
辛報	吳江路 66 號	私營	1,200	四開一張	
真報	江西中路 60 號	私營	550		
力報	中正東路 260 號	私營	1,100		
活報	四川中路 110 號	私營	3,400		照常出版
風報	吳江路 60 號	私營	1,300		
大風報	六合路 127 弄 3 號	私營	250		已停刊
小日報	乍浦路 180 號	私營	2,000		
東方日報	牯嶺路 12 號	私營	500		
國報	吳江路 66 號	私營	1,300		

七、「**關於小報**」，1949 年，〈**各小報及記者、小報情
　　況介紹，鐵報、羅賓漢、飛報、誠報、真報、風報、
　　辛報、力報、活報、東方日報，小型報聯誼會、上
　　海市記者公會會員名單**〉，《軍管會新聞出版署檔
　　案》，上海市檔案館藏，檔號：Q431-1-74。

一

　　魯迅先生在一篇文章中談到「禮拜六派」，說「禮
拜六派是才子加流氓」，這分析是極為正確的。現在的
小報作者，大部分還是「禮拜六」週刊傳統下來的那一
套；祇是小林黛玉坐了鋼絲馬車逛張園，現在改了某交
際花在什麼地方宴客而已。才子和流氓的氣質依舊，處
身於「夷場」之中，新一輩的至多加了一點買辦氣息，
懂得搬弄幾個新名詞。表面上他們還「魁脫幾聲」，保
持他們「洋場惡少」的「大少」身份。實際上，迫於生
計，他們早已成為「箋片」和「二丑」了。

　　但出於他們筆下的文章，無可否認的，卻還是對小
市民起著很大的作用。（現在上海的小報，每天有十二
種，以鐵報、羅賓漢、飛報起著領導作用，等而下之，
那就靠借款、報紙配給等變相津貼維持生存，以黃色
新聞和類乎性史的長篇小說吸引讀者了）。考其原因，
根據我的見解，我以為實由於小市民的生活苦悶，自身
無法滿足其生活上的慾望，於是過屠門而大嚼，聊勝於
無，在小報上領略一下，狂嫖爛賭聲色犬馬以作「意
淫」。所以儘有若干讀者明知寫作者有許多是屬於所謂
「魁派」，但因為藉此可以「領了市面」轉向別人去

「魁」，因之他們亦自欺欺人地深信不疑。互為因果，因之在某些角落（所謂「白相地界」）便儼然成為一種風氣，才子加流氓的「優越感」也就找到了一條出路。

小報中也有種所謂「衰派」的，那大多是敘說一些懷才不遇、命薄如紙的本身遭遇的，但這些已經在漸漸衰落了。上海的風氣（應該說是小報作者和讀者間的風氣），現在是推、拉、爬，而「魁」正是最好的手腕之一，所以衰派是命定地衰落了。

二

給「才子加流氓」下一個行動上的註解，或者可以說是「強盜扮書生」。

表面上他們要裝作斯文一脈，滿肚子的軼事逸文，和棋琴談唱，骨子裡卻是待價而沽，必要時為出錢的施主幫一下閑，歌功頌德或揭發隱私。

這可以分兩方面來說。

（一）在「發行人」這方面，他們現在所恃的是報紙配同上給和貸款（據確息，去年陰曆年底前，中央銀行便曾有一筆每家十萬金圓的貸款），貸款中除了官方之外，當然也有民間私人關係的。例如什麼廠什麼公司的本身或主持者有什麼不可告人的隱私給人家知道了，經人拉攏招呼，便以借一筆貸款了事，或則為了省事，雖無隱私，既經有人開口借錢，也就敷衍了事，免得興風作浪，引起事端。

（二）在編輯者或寫稿者方面，如（一）中所舉的私人借款，因為「插隊」的關係，也有分肥的（尤其是

編輯，因為有許多是要他們經手的），但最大的「財務」，則有許多還待他們自己利用職務上的便利去找。例如「市場編輯」，利多利空便由他們編造，和什麼股票廠號接近，準備發動「拉停板」，也需要他們發動下宣傳攻勢。等而下之，一般「舞文記者」，甚至有在舞場喝一杯「客茶」或向舞女借一色「香菸鈿」為榮的。

他們之間的「財務」各不相犯，所以能要不使報館的名譽太難堪，也就「光棍不斷財務」，彼此有一種默契，甚至有時還來次心照不宣的合作（例如什麼公司或其主持人出了件事情，因為體面有關，須挽此中熟悉者出來打招呼。去年「可口可樂」事件，便是經人「代邀」吃飯，以後各報館送了幾打「可口可樂」而停止攻擊的。至於此中代邀者的好處，當然不問不知。據聞有一種方式是，假如事主是個香菸商，那麼為酬謝起見，須在廠盤調整之前，代做一筆生意，等廠盤搬高了再代為拋出，此中利潤，須以代經手姿態贈與，這很使性高的「才子」們免除了「流氓」行為，保持尊嚴，因之以後彼此之間做朋友下去，一方面，這些才子們的詩賦文章，也確使這些市儈們覺得「有學問」，猶類乎他們的會客室裡需要搬些名人書畫，點綴點綴也。）

三

小報的一般情形，大都如此，當然也有例外。

至於小報的設備生財和人事組織，現在除羅、飛、鐵三家稍有規模之外，其他都是祇有一、二張寫字枱和一、二個編輯，（往往是兼採訪等差或兼編一、二張

報紙和撰述的）。就是上述三家，印刷還是由印刷所承印性質。

這可以從下面的一個故事中來見一斑。雖則這是以前的故事，但用之於今日的小報，還是可以作為參考。

有張小報的報館被人搗毀了，有人去慰問主持者，那個主持者說，打得好，我的寫字枱、筆墨紙硯等等都已經破壞得不能用了，正愁沒錢辦新的生財，這一下，不是有了「出產」了嗎？

在人事關係上，他們和大流氓等地方勢力都有若干勾結，所以大流氓是不會派人來打報館的。出了事，吩咐一下，也就「登轉來」了。去打的大都是血氣方剛的當事者買了打手去的，這他們便可以請大流氓出來「主持公道」，來「了」，而這「出產」便也就有了。

現在情形當然稍稍不同，但利用了政治上的派系，他們還是可以和「政府」作「生意」，靠貸款和報紙配給等來「營養」。

所以他們大都沒有明確的政治主張，就有，也可以朝三暮四，隨幕後主持者人事上的轉換而轉換，萬變不離其宗，他們還是「才子加流氓」，「箋片」和「二丑」。

所以，他們即有政治主張的反映，也還是人事上的，而不是出於思想上的信仰（當然我們不容忽視由此造成的客觀效果）。周佛海、羅君強時代他們可以「存在」，錢大鈞、吳國楨乃至蔣經國時代，他們也仍可以「存在」。

當然也有例外，例如鐵報的毛子佩、誠報的李浮

生、飛報的□□□，便都與「黨國」有關，其中毛子佩
是吳紹樹系的親信，版面上更有太強烈的政治性和對其
他派系的排斥性，去年因「今日的臺灣」而引起和鄭毓
學的訴訟糾紛，便是最好的說明。誠報的李浮生聞與
「中統」？（「軍統」？）有關，但他的活動，多半似
還是為他個人的地位打算，他想在此中建立小報中的領
導地位，現在果如他所願，是小型報作者聯誼會的理事
長。飛報的政治關係，則還不夠明瞭（短期內尚無得到
新資料）。

　　至於「羅賓漢」的王雪塵，他在「白雲潑墨」中雖
屢屢表示國事的意見，但這大多還是出乎「商業」的，
或和他利害無關的他自認為是的「正義感」（這種「正
義感」一觸及利害關係便立即轉向了）。

四

　　鑑於以上的認識，對於新局面中應否有小報的存
在，或以怎樣的形式存在，實有仔細斟酌的必要。

　　以現有小報的本質來說，小報實在是應該淘汰的。
但以作為對落後的小市民的一種改換氣質的輔助教育來
說，則利用其習慣上對小報的嗜好，未始不是一種很好
而且現成的工具。

　　問題是在：

　　（一）改變了內容以後的小報，是否仍對小市民的
胃口，而這些對小報有嗜好的小市民，可以說大都是落
後和有「海派」中最要不得的氣質的，他們在這麼些年
中潛移默化中所受的毒已經相當深了。

　　若是為比較好的、想上進的市民們著想，那麼他們的精神食糧應該是另外一種形式的。

　　（二）然則「既不遷就又不關門主義」的新的小報應該有怎樣的內容呢？——在主觀上，我是贊成不該把落後的小市民摒之門外，任其自生自滅的，但這問題牽涉很大，似應從整個問題、配合新的社會風氣問題來考慮的。

　　對此貢獻愚見，還待對整個方針有更多的明瞭和學習以後，現在附上一個在小報界有二十年經驗的朋友的意見，（行政人事方面資料尚未送來，待補）做為參考。

第一版：

　　電訊（採取精編制，刪繁就簡）

　　專訪

　　特寫

　　通訊

　　漫畫

　　新聞攝影（特別注重，可以增加版面的美觀）

第二版：

　　A. 風趣的新聞記事——內幕新聞

　　B. 人物誌（名人傳記、訪問記）

　　C. 采風錄一類文字（包括遊記、名勝介紹、特產
　　　介紹）

　　D. 問題座談（每三日提出一問題——有關生活、
　　　職業、學術等各種問題，徵詢各階層人物的三

言兩語的意見）

E. 有關中國及中國人的譯稿

F. 世界之窗（新發明的介紹，國際間的趣聞）

第三版

雋永風趣的隨筆

文壇外傳一類的文字（作家軼事、手札）

「街頭巷尾」專欄（類似 TIME 中的 AMERICANA
一欄）

詩歌

文化街頭（生活消息書評）

長篇連載小說

第四版

A. 電影圈消息（影評、新片采照）

B. 劇壇消息（劇評、劇照）

C. 影人劇人作品

D. 社團活動記錄（藝術、音樂、相片研究，遊藝
會速寫、展覽會參觀記等）

E. 藝人軼事

F. 學園生活素描

謹案

對於上面引述的計畫，我的意見是有些出入的，我
覺得最重要的是確定對象，例如，如何與大報的副刊有
所區別？

現在的小報從業者中，我們不能也不該一筆抹殺有
正義之士，但這祇是絕少的人數，我在上文所說的，是
泛指一般的風氣。

八、「關於小型報」，1949年，〈各小報及記者、小報
　　情況介紹，鐵報、羅賓漢、飛報、誠報、真報、風
　　報、辛報、力報、活報、東方日報，小型報聯誼會、
　　上海市記者公會會員名單〉，《軍管會新聞出版署
　　檔案》，上海市檔案館藏，檔號：Q431-1-74。

解放前後的小型報——小型報的讀者——小型報的作者
——從最近四天的小型報看它的內容

一

　　小型報或一般所通稱的所謂「小報」，出現在上海
和京滬線一帶，逐漸深不可拔的植根於小市民中間，
從而發生一種潛移默化的影響，是有它客觀的社會原
因的。

　　我們知道，小型報是帝國主義長期的侵略和奴役
下，國民黨反動派二十餘年以來統治和壓榨下，一種特
殊的、畸形的文化產物。以往純粹是一種毫無骨氣的以
消閒為目的的軟性讀物。因此，表現在蔣管時期的小型
報內容是剝削的寄生階級的日常生活動態；是軍閥、買
辦、官僚、地主的「飲食起居注」；是歪曲的、誇張
的、甚或捏造的黃色新聞；是流氓文人和「洋場才子」
的身邊瑣事。

　　作為一定社會的政治經濟在意識型態上的反映，上
面所述種種乃是當時必然的現象。解放以後，小型報
「史無前例」起了一個極大的轉變。即使對於當前的政
策與號召未能恰如其份起作用，即使報紙的內容並沒有

配合目前的革命情勢和革命任務的需要，即使它還未完完全全把殘留的落伍的痕跡洗滌殆盡，卻並不因此失去它存在的意義。

二

相反，小型報的存在有它充分的理由。

因為，小型報實在是教育一部份思想意識落後的小資產階級小市民一種有效的工具。這個階層的讀者腦筋相當頑固，良藥苦口，可是不加糖衣他們是不肯吞服的。趣味性便是糖衣。同時銷路好，又能爭取大批落後的群眾。

作為小型報忠實的讀者不外乎店員、銀行行員、寫字間職員等等。這一類人受帝國主義買辦制度封建意識的荼毒是日積月累的，不知不覺的，因此要教育他們也絕非一朝一夕所能奏功的。

也許我們可以留心一下這件事實：小型報對某些小市民具有無上的魔力，他們寧可犧牲大報不看，或甚至省下每日早餐，而不可一日不看小報。又把報上讀到的作為閒談的資料，它的影響甚至於滲透到目不識丁的群眾中間。

這種廣泛的潛在的力量值得我們注意。

三

問題很自然的聯繫到小型報的內容，和直接供給材料的小型報作者。

給小型報寫稿的作者差不多有一半賴稿費為生。這

些「文人」和他們的讀者一樣出身於小資產階級，個人主義的色彩極其濃厚，不良的習氣相當深，好標榜，小圈子主義、有宗派的氣息。可是他們非常講究義氣，這一點倒是跟上海的流氓很相似的。

他們在解放前的生活大抵不很嚴肅，放浪形骸、終日寄跡於遊藝場所，或其他消費的地方，每天就把這些「生活經驗」和「身邊瑣事」寫成數塊小文章。

一個被稱為「少壯派文人」的小型報作者——柳絮，一向自命風雅，尤好吟風弄月，在本月二十八日的「品報」第三版一篇「帶回家去的報紙」的小文章裡，自謂：「——為的是那個時期的文章之士，連我自己在內，大抵以醇酒婦人自娛，筆下也不外乎這一套。」

另一個「少壯派文人」鳳三出身光華大學，擅寫荒唐的「豔情社會小說」，目下在「大報」與「亦報」各撰一專欄，解放前後從文字上所表現的彷彿判若兩人，所寫的短文也自命頗為前進。其實骨子裡仍不免顯得幼稚，很不澈底。他為了表示勇於改過的決心「削髮為人」（見「大報」），當然這些形式上的作為並不能對他真正有什麼幫助。

中學教員出身的勤孟，舊時以「萬事通」姿態寫小報稿子，幾乎無所不寫，善於自吹自擂，所以人稱「魁派文人代表」，以示其「自負」和「好說大話」。此外，以所謂「江南第一枝筆」著稱的高唐，文章寫的的確不錯，無奈也是屬於這個範疇裡的，血液裡需要新的鐵質。

對於小型報作者可作以下看法：在一個特定的階段

內，這些本身就是小市民小資產階級身份的作者，目前為了同一階級的小市民小資產階級的讀者而寫作，可是其終極的目的則應該是不久後能為工農兵服務，否則是沒有前途的。

四

翻開最近四天以來——八月廿七到卅日的「大報」和「亦報」，我們約略談一談它們的內容。

小型報的編排以「短小精幹曲折有致」見勝。麻雀雖小，五臟俱全。第一四版照例是本市新聞和影劇界遊藝界消息報導，「亦報」在第一版加上「社會服務」，第四版又間隔刊出「體育」和「無線電廣播節目」。二、三版主要是隨筆小品、內幕新聞、長篇連載、蘇杭錫等地的通訊等等。

兩報每天所連載的長篇小說各有四、五篇之多，題材多半是寫小市民生活，平庸瑣碎，就藝術的價值而言幾乎等於零，但是擁有相當讀者。「亦報」所刊的所謂「中縫小說」是王小逸所作的「療愁花」，隱隱約約還脫不掉黃色的花衣裳，以上同目前的環境相比就顯得太不調和。

小型報的「橫條新聞」實際即「黃色新聞」，八月廿九日「大報」所載「一個給舞女氣死的男人」便是一例。這一類新聞其實可以不用。固然，我們不能忽視落後讀者的要求，不過太遷就了他們是有害的。

就整個而言，小型報對於政府每一次政策提出後表現的敏感性尚嫌不足，譬如發展生產、城鄉物資交流，

應該有各方面生活反映的文字，而付諸缺如；或者僅僅
浮光掠影的偶然出現一下，旋即失去影蹤，這種現象是
須待糾正的，否則小型報的社會意義不免削弱。

九、「小型報情況」，1949 年，〈各小報及記者、小報情況介紹，鐵報、羅賓漢、飛報、誠報、真報、風報、辛報、力報、活報、東方日報，小型報聯誼會、上海市記者公會會員名單〉，《軍管會新聞出版署檔案》，上海市檔案館藏，檔號：Q431-1-74。

上海的小報，從淪陷時期起，一致走向色情。到了政協決裂，他們又在出賣色情的身上，套上了反動的外衣。

編制

小報的編制幾乎是千篇一律的：

第一版 —— 政治新聞，滿幅反動文字。

第二三版 —— 長篇小說、身邊小品，一致出賣色情。

第四版 —— 經濟、劇影、社會服務，經濟是鼓勵小市民從事投機，劇影則推動攝製低級無聊電影。

作者

在小報作者中，邵西平與曾水手是寫色情文的魁首。

近年來，所謂長篇連載，都成為色情的販賣所，作者有王小逸、馮蘅、田舍郎、王大蘇。

最近流行的身邊小品，大都記載個人吃看嫖賭荒唐事蹟，作者有唐大郎、柳絮、沈葦窗、鳳三、勤孟。

作者生活

由於作品內容決定，這些小報作者的生活大都浸沈於狂呷爛賭中，有一個時期，甚至集團做起舞女大班來。

有政治背景報紙

有政治背景的報紙計有：

誠報—— 為特務李浮生所主持，小報一切政治關係，多半由李浮生所拉攏，平時言論荒唐反動。

辛報—— 與 CC 派頭子潘公展有血緣。

鐵報—— 是前偽市黨部委員毛子佩所辦，與吳紹樹有密切關係，平時反動文字都由和平日報主筆楊彥岐所寫。

活報—— 為前偽市黨部委員王微君所創刊，曾以刊登國特消息靈敏為自誇。

這四個刊物，前兩個已停，後兩個尚在出版中。

最成問題的人物

最成問題的人物要算現在還在出版的「羅賓漢」主持人王雪塵了，他雖然無政治背景，但是每日在報端所寫的「白雲潑墨」，是反動文字的大本營。他並非為客觀環境所迫，而天天寫得這樣搖尾乞憐的，充分說明了他的思想有問題。最嚴重的，他還是小報界的領袖。

爭取落後

為了爭取落後，小報不是不能出。但，大多數人士必須排除，內容亦必須重新加以檢討。

十、李之華，「關於小報的建議」、「一張畫報化的小型報內容設計」，1949 年 6 月 17 日，〈上海市軍管會新聞出版處關於小報問題處理意見〉，《軍管會新聞出版署檔案》，上海市檔案館藏，檔號：Q431-1-199。

關於小報問題，以我這幾天跟各方接觸的結果，呈報並建議如下：

一般情況

根據夏主任的指示，以後辦小報的人選大概不出於以下三方面：

一、唐大郎龔之方的「海風」。

二、馮亦代陳蝶衣的「星報」。

三、陳靈犀。（註：陳陳唐三位在上次陳市長招待文化界會上，是被邀出席參加的）

「海風」方面，據龔之方說，「海風」的資本來源，是唐大郎的若干朋友所資助的，和龔無關係（實際上是否如此，不詳）。因為唐在解放之前，他的生計就靠這些朋友以投機所得的利潤分潤給他作為維持，解放之後，投機是不可能了。所以籌了批資本打算幫他辦份小報，以維生計，因此之故，和別人合作便無不表示歡迎。

「星報」方面，陳蝶衣亦表示和唐合作，頗為困難，至於對陳靈犀問題，他表示如果靈犀肯合作，他擬請他編二、三版；蝶衣並表示他是打算把「星報」作終

身事業辦的，並附上內容的計畫一份（附上）。

靈犀方面，因尚無接觸，故其意向亦不詳。

我的看法

小報現在上存「飛報」「羅賓漢」兩家，若照出一家停一家的初議，則以後小報，自以有二張較好，並且，如果允許有二家，遂有如下的好處。

不顯得突出。若是只有一家，極容易使人錯覺和我們的黨有特殊關係。

比較有競爭性，可以督促彼此的進步和健全。

萬一出了毛病，不致停刊後市上沒有小報。

以現在的小報方面職業作家說，若只有一家，除若干應該淘汰的外，吸收的人數也不夠容納。

至於另外一張專刊各種戲劇的小報，今天據文藝處姜椿芳同志說，文藝處亦很有意把各組戲劇擬出的會刊（「越聯」即擬出三日刊「新越劇」，並有舉我任總編輯之議，正以事忙不克兼顧請辭中）集中起來，出一份日刊，一方面和讀者通聲氣，一方面教訓自己的幹部之議。這計畫很好，不過因此，把這份戲報作為二份小報之一的說法，便該有所改變了。

根據上面的情況和看法，我建議，小報還是應該批准出二張（各戲劇單位合辦的戲報應除外），時間不妨有先後，但也不宜相距過遠，因為這牽涉到停刊現有的二張問題，否則似不能抵缺。

第一張小報，我主張在七月一日就出版，以配合入城式這個擴大宣傳週的盛況，第二張則或在「七七」，

或在八一。

　　當然，在批准之前，通過私人關係，對於將來內容問題及接受指導問題以及資金的來源問題，是該切實而具體地有個規定的。

以上提見是否有當請示以便遵循辦理

李之華

六、十七

附「星報」內容計畫概要一份

周、徐處長轉呈夏主任

一張畫報化的小型報內容設計

（報名）星報（報頭印紅色）

（編制）採取新的形式，錯綜美觀，與現有小型報面
　　　　目完全不同。

第一版

　　日曆（排報頭旁）

　　電訊（新華社專電及西電）

　　本市新聞　A. 政治　B. 經濟　C. 文教　D. 社會

　　會場記錄、花絮

　　地方通訊（京、杭、平、津、漢特派記者通訊）

　　特寫、專訪

　　時事漫畫

　　一週大事新聞畫

　　新聞攝影

　　短評

第二版

　　解放軍的英勇戰鬥故事

　　民主人物誌（附人像速寫）

　　國民黨反動派人物罪惡史

　　旅行通訊（附攝影或寫生）

　　詩歌

　　長篇故事畫、木刻、漫畫

　　散文、雜文

　　建議性的文字

　　新聞攝影

　　長篇小說（繪圖）

第三版

　　社會新聞（以生動的筆觸描述之）

　　文壇追蹤錄（作家素描）

　　浮世繪、眾生相

　　隨筆、小品、感想、名人雋語

　　讀史鉤沈

　　出版界消息

　　特約專欄

　　書畫（銅鋅版）、作家書簡

　　新聞攝影

　　長篇小說（繪圖）

第四版

　　電影圈記事

　　影劇人作品

　　戲劇消息　　A. 話劇　　B. 平劇

　　　　　　　　C. 越劇及其他地方戲　　D. 彈詞

　　藝人動態

　　社團活動　　A. 工會　　B. 藝術團體　　C. 學校

　　小鏡頭

　　舞台劇照、電影采照

　　影評、劇評

　　讀者信箱

民國史料 49

民國時期報業史料
上海篇（二）

Historical Materials of the Shanghai Newspapers,
1912-1949 - Section II

主　　編　高郁雅
總 編 輯　陳新林、呂芳上
執行編輯　林育薇
美術編輯　溫心忻

出　　版　開源書局出版有限公司

香港金鐘夏慤道 18 號海富中心
1 座 26 樓 06 室
TEL：+852-35860995

民國歷史文化學社 有限公司

10646 台北市大安區羅斯福路三段
37 號 7 樓之 1
TEL：+886-2-2369-6912
FAX：+886-2-2369-6990

http://www.rchcs.com.tw

初版一刷　2021 年 3 月 31 日
定　　價　新台幣 350 元
　　　　　港　幣　90 元
　　　　　美　元　13 元
I S B N　978-986-5578-10-7
印　　刷　長達印刷有限公司
　　　　　台北市西園路二段 50 巷 4 弄 21 號
　　　　　TEL：+886-2-2304-0488

國家圖書館出版品預行編目 (CIP) 資料
民 國 時 期 報 業 史 料 . 上 海 篇 = Historical
materials of the Shanghai newspapers 1912-
1949/ 高郁雅主編 . -- 初版 . -- 臺北市 : 民國歷史
文化學社有限公司 , 2021.03-

　　冊 ；　公分 . -- (民國史料 ; 48-49)

ISBN 978-986-5578-09-1 (第 1 冊 : 平裝). --
ISBN 978-986-5578-10-7 (第 2 冊 : 平裝)

1. 新聞業　2. 民國史　3. 上海市

890.9208　　　　　　　　　　110003417